企鹅影视
TENCENT PENGUIN PICTURES
根据唐家三少代表作《斗罗大陆》改编
企鹅影视独家正版授权
2020年度
漫画人物奖
2020年度
国漫奖
企鹅影视 著
斗罗大陆
动画版
1
THE LAND OF WARRIORS
动画播放量突破400亿的人气国漫！
《斗罗大陆　动画版》燃情巨献！
原版动画分镜截帧　精彩呈现经典剧情
随书附赠
唐三、小舞
双面海报
2款
斗罗大陆　旷世奇才
双生武魂　横空出世
《斗罗大陆　动画版2》《斗罗大陆　动画版3》即将上市，敬请期待！©Tencent.

神印王座
典·藏·版
唐家三少 著
全14册
已全国
上市
手握日月摘星辰，世间无我这般人

Shenlanqiyu
神澜奇域
Shengyaozhu
唐家三少 著
圣耀珠
1
神秘莫测六大域　波澜壮阔七色海
与“斗罗大陆”密不可分的重磅新作
揭秘《斗罗大陆　第五部　重生唐三》中提及的法蓝世界
天赋初显参与选拔　金瞳女子神秘现身
内容简介：来自蓝域人族的计嘉羽在遭遇一次惨烈的意外后，被光明族的审判长带到神圣澄海，参加了圣耀珠的选拔者计划。特殊的圣耀世界开启，计嘉羽被迫进入其中，接受最后的选拔考验。而在圣耀世界中，面对光明至上教派和魔族的重重威胁，计嘉羽绝境求生，上演奇迹。
《神澜奇域　圣耀珠1》2022年5月火热上市！

神印王座外传

天守之神

唐家三少 著

时代出版传媒股份有限公司
安徽文艺出版社

图书在版编目（CIP）数据

神印王座外传. 天守之神 / 唐家三少著. -- 合肥：安徽文艺出版社, 2022.5

ISBN 978-7-5396-7461-2

Ⅰ. ①神… Ⅱ. ①唐… Ⅲ. ①长篇小说－中国－当代 Ⅳ. ①I247.5

中国版本图书馆CIP数据核字(2022)第074409号

SHENYIN WANGZUO WAIZHUAN TIANSHOU ZHI SHEN

神印王座外传 天守之神

唐家三少 著

出 版 人：姚 巍
责任编辑：宋潇婧 胡 莉
装帧设计：陈秋含 周艳芳

出版发行：安徽文艺出版社 www.awpub.com
地 址：合肥市翡翠路1118号 邮政编码：230071
营 销 部：(0551)63533889
印 制：湖南天闻新华印务有限公司 电话：(0731)88387856

开本：710 mm × 1000 mm 1/16 印张：18 字数：214千字
版次：2022年5月第1版
印次：2022年5月第1次印刷
定价：34.80元

(如发现印装质量问题，影响阅读，请与出版社联系调换)

[前言]

其实，这是一个我一直想写的故事。当年写完《神印王座》，我久久不能自已。这是我创作近二十年来，故事情节自己最满意的一部作品，每一处情节的衔接都是我喜欢的。

这么多年来，我在创作之初就想好了结尾的作品只有两部，一部是《酒神》，另一部就是《神印王座》。《酒神》是一部以感情为主线的作品，也是我所有作品中感情戏让我最满意的。《神印王座》则是在故事上让我最满意的，正是因为一开始就想好了结尾，我才能从开局就把皓月这条线布置下来，直到最后反转、爆发。除了我自己，谁也不会猜到最终的反派并不是魔神皇枫秀，而是一直陪伴和跟随龙皓晨的坐骑、兄弟皓月。《酒神》《神印王座》，以及《斗罗大陆》系列，是我最喜爱的作品。

我很喜欢皓月这个角色。其实在《神印王座》中，关于皓月的情节并没有交代得太清楚。当时我就想好了，要专门为皓月写一本书，告诉大家没有无缘无故的毁灭。但因为我一直在连载别的作品，又写了《绝世唐门》，这本书就耽搁了。现在连载的速度放慢了，《神印王座》的动画会在2022年4月上线，我觉得这本书不能再耽搁下去了，不然太对不起我的皓月了。所以，我先为他写了个前世今生。等《斗罗大陆》系列写完，我很可能会写《神印王座II》，《神印王座II》具体会写什么，看完这一本外传你们就明白了。

备注：为了方便大家阅读，本书皓月所在的位面各大职业设定基本与《神印王座》中的圣魔大陆相同。

目录
CONTENTS

引子

夜幕低垂，山风呼啸。

风虽然大，但并不寒冷，反而带着山间植物的芬芳。放眼望去，视线所及之处，尽是大片大片的绿色。那一座座山峰，仿佛连绵起伏的绿色海洋。

一名青年此时就站在那座最高的山峰上眺望远方，看着那一座座绿色山峰之间云卷云舒，感受着那勃勃生机，他的眼中却只有浓浓的悲伤。

他看上去二十多岁，相貌俊秀得宛如女子，双眸开合间，澄澈的眼瞳仿佛倒映着整个世界。

“对不起。”他的声音中带着几分哽咽，因为内心悲伤，他不由得攥紧了双拳。伴随着他悲伤的加重，这连绵起伏的群山之中，所有的生物仿佛都伤感起来，传递着与他同样的悲伤情绪。

而此时此刻，在他身后不远处，一个身长超过四十米的庞大身影正匍匐在地面上，它眼神柔和地凝望着身前的身影，六个头同时摇了摇。

它全身覆盖着晶莹剔透的紫色鳞片，背后有一双巨大的翅膀，却有六个大头。每个大头的瞳孔颜色都不同，有金色，有红色，有紫色，有蓝色，有青色，有白色。除此之外，它的身体最外侧还有两个硕大的突起，似乎要长出更多的头。

青年转过身来，看向身形比自己大得多的存在，哽咽道："对不起，皓月，我没能实现我的诺言，我终究还是无法阻止你的身体继续生长。你的血脉之力，哪怕是神祇的力量也无法封禁。"

皓月再次轻轻地摇摇头，左侧那有着一双金色眼瞳的大头柔声道："哥哥，不要难过了，或许，这就是宿命吧。五百年了，你已经尽力挽留了我五百年。和你在一起的每一天，我都特别开心。我能感觉到，连毁灭意识都潜移默化地受到了影响。或许，等到最后一次来临的时候，我还有机会呢。"

青年双眸之中泪光闪动："对不起，皓月，对不起。我没能好好保护你，我……"

"哥哥，你已经做得很好了。如果没有你，或许，我早就走上了不归路。哥哥，答应我一件事好吗？"

"你说。"青年毫不犹豫地点头。

皓月那金色的眼瞳中透着坚定："哥哥，如果你找到最后一次转生的我的话，还要像之前一样和我缔结血契。在它苏醒的时候，唯有血契才能唤醒我们，让我们不会因为被它掌控而沉沦。哥哥，你不要伤心，对于人类来说，百年寿命都已经很长了，更何况，我已经存在了这么悠久的岁月，陪伴了你五百年，最后一次转生很可能还能再陪伴你五百年甚至更久，我还有什么不知足的呢？"

青年的身体颤抖着，他低下了头。在他面前这已经有了六个头，即将长出第七、八个头的巨兽，是他的坐骑，他的伙伴，他的兄弟，他的至亲，与他有着血契的关系。

但是，它同时是无比恐怖的存在。曾经的它，是创世神的反面，毁灭与破坏的代表——天谴之神九头奇美拉奥斯汀格里芬。皓月这个名字，是他给它起的。

曾经的它毁灭了一个世界，也带给那个世界巨大的灾难。那时候的它陨灭了，但它有九条命，死后转生，被它曾经毁灭的那个位面的亡灵不断地追杀，一次次死亡。直到第七次转生的时候，它被身在另一个位面的他召唤而去，并且他以自己的鲜血为它洗涤黑暗，于是，它成了他的坐骑、伙伴。

它从最初一个头、两个头时的弱小变得强大，不断成长，陪伴他面对强大的敌人。他们是最好的伙伴、亲人、兄弟，共同成长，共同前进，为了彼此都不惜付出一切。可是，当它的第九个头长出来的时候，毁灭降临，没有谁是天谴之神九头奇美拉的对手。皓月要将他所在的那个世界也毁掉，于是他不惜牺牲自己，用血契来阻止它。

而那时候，皓月之前长出的八个头恢复了意识，联手杀死了第九个头，同时也让自己的生命再次走到了尽头。

青年回到了它最初所在的位面，又一次找到了它，重新与它缔结契约。这时候的青年已经变得无比强大，是光明之神在世间的代表，他在这个曾经被皓月毁灭的位面重塑生命，让大自然的气息重新降临，重建整个位面，让这里的一切重新焕发生机，为的只是替它赎罪。

那时候，他发誓，再也不会让它长出第九个头。五百年来，他想尽办法封印它的力量，让它生长得尽可能缓慢一些。

但是，天谴之神的力量实在是太强大了，强大到青年以神级的力量也无法压制。终究还是走到了眼前这一步，终究还是要看着它完成最后的突破。

毁灭一旦降临，一切都将毁灭。所以，皓月只能选择在此死亡。而这将是它的第八次陨灭，它将只剩下最后一次重生的机会。如果第九次再陨灭，那么，它这毁灭与破坏的代表天谴之神就将彻底陨灭，永不超生。

“嗡——”夺目的紫光突然闪亮，皓月身上的每一块鳞片都迸射着紫色的光彩。那晶莹的紫光充斥着冰冷与寂灭的气息，一切仿佛都将彻底毁灭。

天空瞬间化为紫色，而在它身前的青年额头上也同时亮起了九道紫金色的光纹。

他痛苦地闭上了双眼。这一刻，终究还是来了。

莹白色的光芒在他背后闪亮，紧接着，一根九彩光柱冲天而起，九彩光柱渐渐扩大，一张高约百丈的巨大王座缓缓从那九彩光柱内浮现。

那张巨大的王座出现在空中，王座本身是莹白色的，却释放着瑰丽的九彩光芒。椅背上那一处处细微的浮雕给人一种难以形容的美感，顶端是日月星辰，中段是鸟兽生灵，座椅则是大地上的景象，左右扶手分别是神圣巨龙和十二翼天使。

这王座一出现，就释放出一圈圈九彩光晕，与皓月身上绽放出的紫色光晕交相辉映，在这一刻，空气都变得纯净了许多。

青年长叹一声，那巨大的王座突然化为十三团白光向他飞射而来，他的身体也在这一刻变得高大起来。

第一团白光落在他的胸口，顿时，他的前胸和后背都出现了一块巨大的透明宝石，就像一个完整的圆形宝石被分割成了两部分，分别镶嵌在他的前胸和后背。

宝石的直径接近半尺，几乎护住了他的整个胸口。在宝石镶嵌完成后，立刻有莹白色的光芒向周围蔓延，化为一种特殊的金属覆盖了前后心。金属上呈现的是日月星辰的图案，还有无数奇异纹理的烙印。

第二团白光则落在了他的头上，化为莹白色的皇冠。皇冠上有九颗宝石，分别闪耀着赤、橙、黄、绿、青、蓝、紫、黑、白九色光芒，尊贵中更散发着一种王者的气息。

他的一头金发收束在脑后，当皇冠落在头部的那一瞬，前端落下一副莹白色的面具，眼瞳位置是两块金色宝石，闪耀着夺目的光彩。面具落下，青年身上顿时充满了无尽的威严。

第三团、第四团白光落在他的肩膀上，莹白色光芒向下蔓延，与胸铠完美相连。左侧肩铠呈现为巨大的龙头，右侧肩铠则是十二翼天使雕像。这分明就是之前那王座的扶手。

莹白色铠甲一直蔓延到手臂上，完全覆盖了他的双臂与双手，上面刻着由无数生物组成的细密花纹。因为生物的种类太多，如果不是近距离观看，根本无法看清那花纹的样式，只能感受到尊贵与华丽。

第五团白光落在他的腰间，护腰呈鱼鳞状，每一块鳞片上都刻着一个图案，似乎是一种植物。腰铠向下蔓延，衍生出百褶战裙，战裙上似乎盘绕着神圣巨龙的图案，化为莹白色光环盘旋。

第六团、第七团光芒则分别落在他的双腿之上，有着无数植物的浮雕图案将他的双腿、双脚完全覆盖。

至此，青年全身已经完全被这瑰丽的甲胄覆盖。

第八团、第九团光芒在铠甲覆盖他全身后，落在了他的背后。

两团光芒化为一对莹白色的巨大羽翼，将他的背后完全护住，哪怕是收折起来的时候，也从他背后高高探出。

第十团光芒落在了他的手上，化为一柄莹白色的巨剑。巨剑样式十分朴素，没有任何华丽的装饰，甚至连一点花纹都没有。但是，那莹白色的巨剑之上，闪耀着九彩光芒！

最后的三团白光分别撞击在青年胸口处那巨大的护心镜宝石上，然后反弹而起。在反弹而起的过程中，只有一团白光还保持着莹白色，另外两团分别变成了七彩色和碧绿色。三个光团就像忠实的护卫一般，围绕着他的身体盘旋往复。

青年的眼神在这一刻有些迷离，他忍不住轻声呢喃着：“手握日月摘星辰，世间无我这般人。”

也就在这时，他面前那庞大的身影剧震，一层层紫色意念不断从皓月身上喷薄而出，在它那庞大的身体上方汇聚。

这紫色意念是毁灭的意念，但因为血脉的关系，和青年体内本来的力量并不冲突。毁灭之力比他原本的光神之力要霸道得多。当这些毁灭意念疯狂涌入青年体内的时候，青年明显感受到自己的身体在变化，这是血契带来的，在皓月进化的同时，他也会随之进化。五百年前，在皓月的上一世，他就感受过这样的变化。

皓月身上的鳞片开始分裂，巨大无比的鳞片渐渐分裂成一块块小鳞片，每一块大约有两个巴掌大小，上面的棱线随之变成了纵横交错的九条，折射的紫光也变成了幻彩。

幻彩就是不断变换的色彩。皓月这一身鳞片散发出的就是幻紫，从不同的角度看去，紫色的深浅也不同，更给它增加了一丝神秘的特质。当这幻紫变成最深色时，皓月在这黑与红的世界中就像消失了一般。

皓月那两个巨大的突起也颤抖得更厉害了，更多的紫色液体从那突起处渗出，甚至已经能够看到一道道裂开的纹路。

皓月自身的气息如同井喷一般暴涨，接下来就是持续攀升。

终于，最左侧的那个突起处扑哧一声，一个大头悍然钻出，仰天发出一声咆哮。幻紫色的鳞片顿时光彩大放，皓月的气息也再次蓬勃爆发。右侧，又是一个大头猛地钻出，强大的气息再次飙升。

青年的身体完全被那紫色光芒掩盖。而皓月的身体进一步变大，身长直接超过了五十米。

皓月新长出来的两个头颜色不同。左边的大头通体呈暗金色，头上只有一只眼睛。和其他头比起来，这个头明显要大三分之一，头顶上方一直到脖子根部，整齐地排列着一只只暗金色的巨角。最前端的巨角最大，足有两米长，那森然的金属光泽令人望而生畏。独目闪耀着黄金色泽，竟是一只黄金眼。

另一个大头则呈紫黑色，却不是黑暗属性的，因为那个大头上的独角处，有一道球形闪电不断闪耀，彰显着它自身的属性。这个大头上的独角很奇特，下面呈闪电状，顶端却有一个球状物，看上去倒有几分像番茄。

这两个大头钻出之后，其他六个大头先后抬起，八个大头同时昂起的一幕实在是太壮观了：如同小山一般庞大的身躯，幻紫色的神奇鳞片，还有那充满恐怖气息、分别代表八种属性的八个大头。

一层层紫光散出，令皓月身体所在位置的上空渐渐凝聚出一片紫色的云。紫云徐徐向外扩散开来，空气中恐怖的毁灭意念硬生生地将所有生命气息全部驱散。很快，整片天空变成了紫色的，甚至还有一轮紫色的太阳高悬于顶。

这片区域早已被青年设置为禁区，并不会有其他生物前来。此时此刻，感受着那滔天的毁灭意念，他的眼神变得越发痛苦。

“哥哥，动手吧！”先前眼眸之中闪烁着金光，此时却渐渐被紫色意念占据，灰色光纹波动的大头甚至大声地叫着，“它要出来了，在它出来之前动手吧。我们更愿意死在你的剑下！”

青年握着莹白色巨剑的手在颤抖着，他拥有那么强大的力量，此时此刻却有些不能自已。看着那一个个熟悉的大头，尤其是新长出来、刚刚拥有自己意识的大头，他的心在纠结。

“先别动手，我有话说。”就在这时，一个平和的声音响起。

听到这个声音，青年不禁脸色大变，手掌瞬间握紧了手中的巨剑。

“五百年，又过去了五百年，我总算又有复生的机会了。龙皓晨，你总要给我说几句话的时间。我可以先不出来，但是，我有话说。”

皓月身上紫光涌动，一个完全由光芒凝聚而成的身影徐徐浮现，而皓月庞大的身躯却仿佛凝固了一般，八个大头都死死地盯着那个身影。

“我没有掌控身体，你可以问皓月。我只想和你谈谈。”那凝聚而成的身影渐渐变得凝实起来，当身影变得清晰时，已经呈现出人类青年的模样，和那身穿白色甲胄，被称为龙皓晨的青年的外貌一模一样。唯一不同的是，他的眼神之中多了一丝邪魅，双眸呈晶莹的紫色，而不是龙皓晨双眸的金色。

龙皓晨下意识地看向皓月，皓月那有着金色眼眸的大头向他点了点，证明了这紫眸青年话语的真实性。

“奥斯汀格里芬。”龙皓晨的声音不自觉地有些紧张。哪怕已经过去了五百年，他依旧清晰地记得，上一次皓月这第九头——天谴之神九头奇美拉出现的时候，曾经带来怎样恐怖的压迫感。

紫眸青年看着龙皓晨，叹息一声，道：“我们之间恐怕真的是命中注定，或者，你就是创世神专门为我准备的后手吧。我承认，我输了，尽管在我的记忆之中，我最讨厌的就是这个字眼，可是我不得不承认我输了。”

听他竟然这么说，龙皓晨不禁微微一愣，这可不像天谴之神九头奇美拉会说出来的话啊！

“是不是很奇怪，我为什么会这么说？”奥斯汀格里芬苦笑着道。

龙皓晨没有吭声，只是听他继续说下去，心中更是十二万分小心。龙皓晨很清楚，如果真的让他复生，掌控了皓月的身体，那么，眼前这个位面将生灵涂炭，甚至自己所关联的所有位面都会因为其存在而被毁灭。尽管内心对皓月有万分不舍，可是在面对这天谴之神的时候，龙皓晨宁可付出生命的代价。

奥斯汀格里芬苦笑道：“你是光明之子，现在更是光神位格，甚至不会被世界同化。你也是圣殿联邦第一任主席，骑士圣殿辉煌与领袖之神印骑士，掌控着创世神留下的永恒与创造之神印王座。你身上闪耀着人类所有的光辉。但是，我问你一个问题，人类真的应该存在吗？创世神创造人类真的正确吗？”

龙皓晨冷冷地道：“如果你想用言语来说服我，就不要浪费时间了。”

奥斯汀格里芬摇摇头，道："之所以跟你说这些，确实是因为我不想死。我还有最后一次转生的机会，如果你只是用封印和延缓的方式，最终我还是会再次出来。而当我真正复苏的时候，那毁灭意念也不是我自己能控制的，因为那是我的本能。我现在和你说这些，就是要告诉你，如何才能让我真正控制毁灭意念。虽然我一直没有复苏，但外界的一切我都感受得到，在我复苏的时候，我所有的记忆都会回归。你应该知道，作为天谴之神的我，是不屑于说谎的，哪怕是为了生存。"

看着他眼中的骄傲，龙皓晨缓缓地点了点头。是的，作为创世神的反面、毁灭与破坏的代表，他是不屑于说谎的。

"你不想毁灭了？"龙皓晨疑惑地问道。

奥斯汀格里芬眼眸之中异彩闪烁："龙皓晨，你可知道，在我刚刚诞生的时候，我是因何而来的吗？你以为，我真的从一开始就是创世神的反面、就是天谴之神吗？不，我告诉你，我原本的神格叫天守之神。"

第1章

零维空间，一体双生

浩瀚无垠的宇宙星空。

我是谁?

一切尽是黑暗，似乎唯有我身边才有光芒。无限的大爆炸持续了很久很久，直到一切归于黑暗，一切又都最终化为此时的一点光。

“我们是一元初始，这里是零维空间。我们原本的世界不可避免地进化到了十维空间，进化到了极致，最终发生大爆炸，一切回到原点，十维重回零维。”一个声音突然在我的意识中响起，向我诉说着。

“你是谁？”我发出疑问。

“我就是你，你也是我。或者说，我们是宇宙重新诞生时的双生子。原本的宇宙只有我，最终走向了大毁灭。所以，当一切重来的时候，就有了你，你随我一起出现。我是创世，如果说我代表的是创造，那么，你代表的就是毁灭。”

“我代表毁灭？”我有些惊讶，我是创造的反面？没有记忆的我觉得这个说法有些不妥，并不完全正确，但又不知道该如何反驳他，反驳这个自称为创世的我的另一部分。

“是的，你代表毁灭，本来不应该存在的毁灭。宇宙的本源诞生时本来唯有我，但重新来过时，你作为一个错误出现了，明明是我的一部分，却站在了我的对立面。我不会让你得逞的。在上一个宇宙，宇宙语中有一个通用的词语来形容毁灭，叫奥斯汀格里芬，而这就是你的名字。”

我叫奥斯汀格里芬吗？拗口的名字。不知道为什么，在这一瞬，我心中突然生出一种强烈的反感——对创世的反感。

“我的内心告诉我，我讨厌你，非常非常讨厌你。”我下意识地想着。

“你当然会讨厌我，因为我们虽然一体双生，但掌握着截然相反的力量，我代表创造，你代表毁灭。你当然会讨厌我，就像我也十分讨厌你一样。我会尽一切努力守护我所创造的，不让你将它们毁灭。”

“你说这么多，是惧怕我的存在吗？”我突然想到。

“我惧怕你？笑话！虽然我们是一体双生，但我所拥有的是宇宙初生的精华，而你拥有的只是糟粕。就让你感受感受我的强大吧，让你看看什么是创造。”

白色的光芒突然变得强烈起来，在我的感知中，白光开始发生变化，从最初的一个点缓缓拉长，向远方延伸，就像无穷无尽。

我心中下意识地产生了认知，由点到线，这是零维空间向一维空间的进化。确实，我感受到了创世的存在，是他，是他在让零维空间向一维空间进化。这是他的力量，和他相比，我现在什么都做不了，似乎只有最基础的意识而已。

那条仿佛无限延长的线发生了变化，开始横向延伸，由线变成了面，一维空间向二维空间进化。紧接着，那仿佛覆盖了无尽空间的面迅速竖起，变成了立体的存在。

这个过程似乎缓慢了许多，我也不知道过了多久，时间在这一刻似乎并没有什么意义，二维空间就在这个过程中化为了三维空间。

当三维空间出现的时候，我的思维变得活跃了许多。我感觉到自己的思感在延伸，延伸到了这个立体的三维空间之外，然后我看到了一个个三维空间开始悬浮，感受到了许许多多不同的三维空间开始出现。宇宙似乎开始朝着四维空间进化。

“感受到了吗？感受到我的强大了吗？我开始重新创造世界了，宇宙开始无穷地延伸。这次，我会更加小心，我会更好地守护我所创造的一切，任何能够引起毁灭与破坏的力量都将是我的敌人，我会尽一切可能遏止它们，让我所创造的一切尽可能地永恒延伸下去。”

创世真的很强大，在这一刻，我能感觉到自己和他之间的差距，我只是一团什么都做不了的意识，而他却强大到开始创造世界，创造一个全新的宇宙。在他的创造之下，一切都在发生着转变。宇宙开始变得丰富起来，开始有了星辰，开始有了更多的光芒，甚至有了……嗯，那是生命的气息。

我能感受到他所做的一切，却并不能改变他的行为，甚至连影响都做不到。我不太明白他所说的，我为什么代表着毁灭？我现在能毁灭什么呢？但不知道为什么，我就是很讨厌他，也不知道是讨厌他的创造，还是讨厌他的自以为是。

星星变得越来越多了，我渐渐感受到了一种全新的存在，那似乎是位面，是由不同的空间组成的存在。空间似乎在分割，那一个个位面也随之形成。

随着这些位面的出现，我能感受到创世的意识变得越发分散了。他是那么强大，可是，随着分散的范围越来越大，他的意识似乎有些模糊了。他和我交流的次数也变少了。

不知道过了多久，突然，他再次开口了。

“奥斯汀格里芬。”他呼唤着我的名字，不知道为什么，在这一刻，我内心对他的厌恶突然降低了一些，或许是因为我感受到了他声音之中的疲惫。

“你怎么了，创世？”我问道。

“以后我可能没办法再和你交流了。”创世说道。

“为什么？”突然，我有些恐慌。我虽然已经诞生了很久，但是，能够与我交流的只有他，如果没有了他，那我的存在会怎么样呢？

“我用宇宙初开的力量创造了宇宙的基础，创造了一个个位面。我的力量渐渐分散，但宇宙也保持着良性的发展，不断地延伸，不断地进化。一切都在朝着好的方向发展，朝着我希望的方向进化。我创造了无数的生命，感受着它们的繁衍生息，我很快乐。但是，伴随着宇宙的不断延伸，我的意识本源也在不断地扩张，化为宇宙本源，被整个宇宙同化。我的意识将变得无处不在，却没办法再和你这样交流。”

“你是要死了吗？”我呆呆地问道。

创世突然变得很愤怒：“不是死，而是和整个宇宙融为一体，成为真正的宇宙本源。你懂吗？你到底懂不懂？”

“我不知道。那你都不能和我交流了，成为宇宙本源之后呢，你会怎么样？”我问道。

创世沉默了。

“那什么时候我还能再和你交流呢？”我追问着。

“我也不知道。”创世的声音变得有些悠远。

“或许，等到下一次大毁灭，一切又重新开始的时候吧。”创世声音缥缈地说道。

“还要大毁灭吗？还要归于一点吗？”我呆呆地问道。

创世道：“或许吧，这是宇宙进化的必然。从零维空间向十维空间的进化，是持续不断的。我唯一能做的，就是让这个进化的过程变慢。我会不遗余力地守护整个世界，让进化变缓，一切想朝更高维度进化的位面，都会受到我本源意志的压制。这样我所创造的位面就能更好地存在，也存在得更长久。”

我突然想到了什么：“那最终呢？最终的进化还是会走向毁灭吗？”

创世叹息一声，道：“我也不知道，你别问我，我无法回答你这个问题。”

“那我呢？你化为宇宙本源，那我会怎样？”我有些焦急地问道，这也是我最关心的问题。

“我已经在你身上下了封印，让你无法毁灭，我不能让你破坏我创造的世界。直到现在我都不明白，为什么你会和我一起诞生。你代表的力量是毁灭与破坏，我决不允许你毁灭我创造的一切。

“奥斯汀格里芬，你知道吗？在这全新的宇宙之中，在我的创造下，诞生了一个特别有意思的物种，这个物种叫人类。人类本身并没有什么强大的天赋，却继承了我的创造之力，他们会让一切都变得有可能。我在他们身上种下了希望的种子，希望有一天，他们能够解决我无法解决的问题。在我创造的所有位面之中，唯有人类才能真正拥有掌控位面的力量，而拥有这种力量的存在，也就是前一个宇宙所说的神。我真的太喜欢我创造的这个物种了。”

我静静地听着他的讲述，内心却充满了憎恶，他对自己创造的物种如此好，为何要封印我？

“好了，我要走了，为了更好地创造，我将融入宇宙，让我的光辉照耀一切。”

“你就这么走了？”我出奇地愤怒。

“我走了。我对你的封印会一直存在。如果有一天你能冲破我的封印，或许我们就会知道，为什么你会和我一起诞生，却拥有毁灭的力量。再见了，我的兄弟。”

“别走，你别走啊！”我大叫着，可是，我能感受到创世的气息正在快速消失，很快无影无踪。

他终究还是走了，在这已经不再黑暗的宇宙之中，只剩下我。

第2章

我变成了人类

自从创世走了以后，我有了一种新的感受，似乎叫孤独。

他还在的时候，看着他创造世界，听他讲创造的过程，我并没有什么特殊的感觉。现在他走了，整个宇宙似乎只剩下我自己，我甚至觉得自己也要融入宇宙了，可宇宙之中始终有一种力量在排斥我。不知道这是不是已经化为宇宙本源的创世做的。一定是他，一定是这个可恶的家伙，我们明明是一体双生，他却始终憎恨着我，我也恨他。

又过了很长时间，在持续而长久的孤独之中，我发现，我的意识并没有消散，也没有与宇宙融合，反而变得越发清晰。正是这清晰的意识，让我内心对创世的恨意不断地增强。

渐渐地，我又发现了一个有趣的状况：或许是因为创世彻底走了，我的意识不再被固定在狭小的范围，而是开始逐步蔓延，甚至能够移动了。这一发现让我惊喜万分，我开始尝试控制自己的意识移动。

可恶的创世封印了我本应该拥有的力量，所以，我能凭借的就是这一点本源意识。意识移动起来真的是太困难了，却真的在移动。没有了创世对我的压制，哪怕只能缓慢地移动，也挺好的，反正时间对我来说根本没什么意义。

我的意识就这样沿着一个方向缓缓地移动着，一边移动，一边感受着创世创造的这个全新宇宙的神奇之处。虽然我很讨厌他，但不得不承认，他创造的宇宙非常奇异，有闪亮的星，也有充满生命气息的星。

当我感受到那些拥有生命气息的星球的存在时，我心中突然有了一个奇异的想法。创世说过，他最得意的作品是一种叫作人类的生物，人类继承了他一定的创造力，能够通过不断进化变得强大。那么，进化应该是这个种群的本能吧。如果我也能够拥有进化的力量，是不是就能冲破创世对我施加的封印呢?

这个念头一出现，我的心情就不可遏制地激动起来。

创世，你等着，如果我真的冲破了封印，那么，我一定会尽一切努力去毁灭你创造的一切。你不是说我是你的反面吗？那我就把一切都毁灭，毁灭了一切，宇宙自然就不会进化到重新归于原点了。想到这里，我心中充满了浓浓的恶意。

不知道过了多长时间，我的意识陷入了沉睡，当再次苏醒的时候，我突然感受到了极为强烈的生命气息波动，这种生命气息对我来说十分熟悉，是创世多次向我展示过的。他跟我说过，创造最根本的目的就是创造生命，唯有生命不可辜负。

那是一颗星球，看上去有蓝色、绿色，还有其他色彩。是的，那就是色彩吧，和明亮的星辰与漆黑的宇宙不同的色彩。

冥冥之中似乎有一个声音在告诉我，那里或许会有我需要的契机。

我打起精神，开始控制自己的意识朝这颗星球靠近。终于，当我的意识真正接触那颗星球的时候，特别浓郁的生命气息环绕在我的周围，我就像一步跨入了那个世界似的，意识沉降、沉降，再沉降。

我仿佛感受到了许多，那是和我相比极为微小的意识波动，也有许多奇奇怪怪的能量存在。然后我感受到自己的意识似乎在收缩，那些原本能够感受到的东西突然变得模糊起来，没等我反应过来，我就已经失去了意识。

等我再次醒来的时候，我发现自己在这颗星球上，这是一片荒野，而我的意识能够感知的范围似乎变得很小很小。

我顿时愤怒起来，因为我明白发生了什么，是封印，是创世留在我体内的封印发作了，我接触了他创造的位面，那封印的力量极大程度地压迫了我原本的意识。

我气急败坏，过了很久，我的心情才逐渐平复，因为我知道，愤怒没有任何作用，我必须考虑现在这样的情况下应该怎么办。创世虽然不喜欢我，但我与他是一体双生，即使他比我强大得多，也只能封印我，无法杀死我。连我自己都不知道自己怎么才能死，毕竟，我也是这个重新创造出来的宇宙的本源之一。

正在我思索应该怎么办的时候，我听到了一些奇怪的声音。

“嗒嗒嗒！嗒嗒嗒！”这是什么声音？

远处，有一队生物朝我意识沉降的方向走了过来，我唯一能够认出的生物就是人类，毕竟，创世向我展示过人类的样子。有的人类在步行，还有的人类骑在一种四条腿的生物身上，后来我才知道，那叫马。他们后面还跟着一辆车。

眼看他们就要经过我所在的地方了，我好奇地观察着他们，他们显然无法察觉到我的存在。但就在这时候，仿佛有一股特殊的吸力在吸扯着我，我感觉到一阵天旋地转，再次失去了意识。

等我再次清醒过来的时候，我感受到了温暖。是的，我也不知道自己是怎么知道的，但就是明白这叫温暖。我似乎浸泡在温暖的液体之中，甚至还有更多的感觉，譬如，触觉。

“亲爱的，再过三个月，我们的孩子就要出生了，你想好给他起什么名字了吗？”

“当然，我早就想好了，这小家伙是我们格里芬家族的新丁，就叫奥斯汀格里芬吧。”

“为什么起个男孩的名字？你怎么知道他不是女孩呢？”

“我相信自己的直觉。”

作为宇宙之中除了创世之外的本源存在，我自然能听懂他们的语言。

奥斯汀格里芬？这不是我的名字吗？虽然他们是用自己的语言说出这个名字的，但我依旧能够听懂，这就是我的名字。

这是怎么回事？孩子？我这是在……

三个月后，我明白了自己是一种怎样的状态，我的意识竟然被当时经过的马车之中的一名孕妇吸进了体内，然后，我就在她的肚子里孕育。是的，我竟然变成了人类，变成了创世创造出来的人类。

但是这一次，我没有愤怒。因为我感觉到了，人类的身体里拥有一种奇异的气息，那是创世的气息，哪怕仅仅只有微弱的一点，也确实是存在的。

创世赋予人类最重要的特性有两个，一个是创造性，另一个就是成长性。而这不正是我需要的吗？通过创造与成长，我说不定就能冲破他施加在我身上的封印。只要冲破了封印，我就是一切的主宰。

婴儿期的我非常弱小，但我的意识哪怕被封印了，也不是普通人能够相比的。通过听人类说话，尤其是作为我父母的人讲述，我对自己所在的这颗星球渐渐有了一些了解。

第3章

奥黛丽和赫本的吻

我变成人类所在的这个世界叫作创世大陆。在这片大陆上，有好几个强大的国家，我所在的这个国家名为斯曼帝国，幅员辽阔，拥有许多强大的存在。

人类是这个世界的主角，他们中有许多强者，这些强者是通过不同的修炼方式让自己变得强大的，其中以战士和魔法师最为著名。还有一些强大的生物能够与人类缔结契约，成为他们的助力。听我的父亲奥赛格里芬说，这个世界上最强大的生物是一种叫龙的东西，拥有毁天灭地的力量。说这话的时候，他脸上带着羡慕的神情。

毁天灭地？能和我比吗？创世说过，我可是毁灭与破坏之源。

奥赛格里芬在我出生后发现我是男孩，就特别希望我以后成为一名魔法师。因为在创世大陆上，魔法师是最高贵的职业，但想要通过学习成为魔法师，似乎不是一件容易的事情。他还跟我的母亲奥黛丽说，如果我不能成为魔法师的话，成为战士也不错。反正我们家里是经商的，钱还是有一些的。他希望我未来能够获得更高的身份和地位，魔法师和战士都是不错的选择。

奥赛格里芬是商人，或者说我所在的格里芬家族就是经商的，通过在斯曼帝国南方和北方倒腾一些货物赚取差价，所以，奥赛格里芬经常在外面跑，一走就是几个月。

我跟着奥黛丽住在一所大房子里，我们所在的城市叫地戎，是斯曼帝国排名第三的大城市。奥黛丽很多时候都陪在我身边，其实，我不怎么愿意让她陪，如果她不在我身边念叨，凭借强大的意识，我能获取更多有关这个世界的知识。而只要她在，就会教我认字，真是笑话，这种最简单的东西，我只需要看一眼就都记住了。每当我很快记住，她就特别惊讶，抱着我亲，弄得我满脸都是口水。

可是，我拿她没什么办法。我还这么小，能怎么办？我很无奈！

听奥黛丽说，我长得很可爱，我也不知道他们人类的审美标准是怎么来的，反正奥黛丽看着还算顺眼。为了不让她成天亲我的脸和额头，甚至是鼻子和下巴，我故意放慢了学习的速度，果然，她亲我的次数变少了。

随着成长，五岁以后，我能稍微反抗一下了。每次我推开奥黛丽的脸，或者奥赛格里芬没刮胡子还凑过来亲我的大嘴，他们还会哈哈笑着说我可爱。

呃……算了，赶快长大吧，长大了估计就好了。

在这个世界生活了六年，我发现，随着身体的成长，果然，我意识中的封印是产生了一些变化的，同时，我渐渐发现这个人类身体在进化过程中有一些微妙的变化。这些都让我感觉我的猜测应该是正确的，通过不断进化，封印有可能被我逐渐打开。所以，奥赛格里芬和奥黛丽说的魔法师和战士，我是想去试一试的，他们口中的强者应该就是进化得更好的存在。如果能进化，我冲破封印的可能性应该会变大。

“奥斯汀，我的宝贝，今天可是你人生之中最重要的时刻。爸爸、妈妈要带你去魔法塔，接受魔法师大人的正念感应。如果你能够通过的话，就有可能成为一名魔法师哦。”奥黛丽有些兴奋又有些紧张地把我抱了起来。

我有些惊讶，比她还要兴奋。魔法师吗？那应该没问题吧。毕竟，我可是奥斯汀格里芬，与创世一体双生的存在，宇宙伟大的本源之一！

“好啊！”我向她点点头，勉强给了她一个笑容。是的，勉强。这个不知道在我脸上留下过多少口水的女人真的是……

奥赛格里芬今天穿了一身礼服，反正我觉得他这样穿看上去有点别扭。

奥赛格里芬在人类之中算是高大的，大概有一米八高，肩膀宽阔结实。据他自己说，他是战士，并且已经修炼到第三阶，叫战师。不过，他一直没有教我有关战士的东西，他说自己学得太粗浅，不能一开始就把我教坏了，只是让奥黛丽和请来的家庭老师教我各种知识。因为他们说，魔法师需要掌握很多知识。多学一些知识，成为魔法师的概率就会大一些。

“奥赛先生，您今天真是精神呢。奥黛丽女士，你这身礼服真漂亮。”正在这时，一个熟悉却让我很无奈的声音传了过来。

真不想看到她，可是，我还不具备反抗的力量。然后，我就被她抱了过去。

这是一个身高大概一米七的女人，她只有十八岁，也就是说，她比我大十二岁。她是一名魔法学徒，也是我的家庭老师，是奥赛花了不少钱请来的。

说实话，这个女人比奥黛丽好看，而且从人类的审美来说，她应该是我见过的最好看的女人吧，但是，她很喜欢捏我的脸，每次上课，她都习惯性地捏捏我的脸。她兴奋的时候，还会两边脸一起捏，真是可恶！

但还是那句话，我能怎么办？我还是个孩子。

她叫赫本。

此时此刻，赫本白皙修长的手指正捏着我的脸蛋。

“小奥斯汀，今天可是你最重要的日子呢，老师也陪你一起去哦。祝你成功。”赫本看着我，在她的笑容中，我看到了一丝紧张，她是在为我担心吗？

瞧不起谁呢！

“我一定会成为魔法师的！”我忍不住叫道。

赫本眼睛一亮，“吧唧”亲了我的脸一口：“小奥斯汀真有志气，不愧是我的学生。”

我用力地擦了擦脸，尽管她的口水好像有点香，可也是口水。

“赫本，我说了，不要亲我！”我愤怒地说道。

“吧唧！”我的另一边脸上被奥黛丽也亲了一口。她亲得比赫本还用力！

“反抗无效哦。”奥黛丽的笑容中带着几分坏坏的味道，“赫本可说了，你要是成为魔法师，等你长大后就嫁给你。”

我很无语地看着在这个世界是我的母亲的这个女人。

赫本第一次来我家见到我后，确实这么说过。她作为魔法学徒，本来是不愿意做家庭老师的，但因为缺钱，就答应了奥赛格里芬的要求。可是，当她第一眼看到我的时候，脸上原本不情愿的表情就消失了，眼睛里好像还放着光，感叹道，好好看的小帅哥啊！她是活泼开朗的性格，那时候就说，如果我长大了就嫁给我。拜托，你比我大十二岁好不好?

我知道她是在开玩笑，却不知道该怎么反驳。对这个女人，我一点办法都没有。

第4章

魔法塔

魔法塔是一座高高的尖塔，看上去还挺壮观的。在我的意识感知之中，这里确实和其他地方不太一样，空气好像都更活跃了。可恨我的力量被创世封印了，不然的话，我一定能够感应得更加清楚，会知道究竟是哪里不一样。

如果说在来到这个世界之后，有什么事让我厌烦的话，那么，排队一定名列前茅。

也不知道从哪里来的这么多六岁的孩子，看着长龙一样的队伍，我实在是无力吐槽。算了，就靠在赫本的肩膀上睡一会儿吧。

我睡得正香时，被摇醒了。我正要发怒，却发现自己的嘴角流着口水，赶忙吸溜了一下，然后假装看不到赫本肩膀上那一点湿痕——嗯，只有一点点而已。

总算进了魔法塔的大门，但从这一刻开始，我只能自己走了。一个穿着长袍的女人向我招了招手。

“奥斯汀，快去吧，要乖哦。”奥黛丽的表情越发紧张了。

我向他们三个挥挥手，带着内心的不屑向里面走去。

“奥斯汀，加油哦，我会遵守承诺的。”

我都不用回头，就知道这句话是谁说的。谁要你嫁给我了？哼！

那个穿着长袍的女人——应该是女魔法师吧——带着我向里面走去。走进这里之后，我顿时感觉到这里的一切和外面相比更不一样了，空气好像都变得有些黏稠。能量浓郁，我心中产生了这么个念头。

魔法塔从外面看是尖尖的，里面却很大，内部和外部给人的大小感觉是不一样的。进入这里，有种进入了另一个世界的感觉。

前面出现了一扇光门，女魔法师带着我走了进去。走进光门的那一瞬，我好像恍惚了一下，下一刻，就来到了一个有些奇怪的地方。

周围的一切都是黑暗的，唯有脚下金色的六芒星在闪烁着光芒。这金色的光芒非常奇特，有点虚无的感觉。

“走到中央坐下。”女魔法师向我说道。

我依言照做，在中间盘膝坐了下来。

然后，那女魔法师竟然就那么消失了。

我尝试着用自己的意识去感受周围的一切，除了觉得奇异之外，似乎也没有什么特殊的感觉。

正在这时，一个低沉的声音响起：“接下来，我将带你进入正念观想的过程，以评测你是否适合成为一名魔法师。闭上你的眼睛。”

我闭上双眼。

低沉的声音继续传出：“用你的鼻子缓缓呼吸，在呼吸的过程中注重意识，去感受气流通过你的鼻腔、口腔、咽喉的过程，从而让你的意识集中起来。”

我缓缓地用鼻子吸气，我的意识很自然地在我的控制下集中着。

“吸气的时候，心中默念清净；呼气的时候，心中默念元素。如此往复。”

我按照他说的做，缓缓地吸气，再缓缓地呼气。意识的集中，果然让我有了一些不一样的感觉。

清净、元素！

清净、元素！

清净、元素！

如此几次之后，我的意识突然有种放大的感觉，无形之中壮大了几分，之前松动了一丝的封印似乎在这呼吸的过程中更松动了。最重要的是，我自身本源的一丝气息似乎融入了我的意识之中。我能感觉到，好像有什么东西在复苏。虽然只有极其细微的一点点，但在这一刻，我能够感觉到，自己变得不一样了。

明明闭着眼睛，我却看到了。我的意识仿佛脱离了身体，就像我来到这个世界成为人类之前那样。在我的意识观想之中，空气中有无数细密的光点存在，这些光点什么颜色都有，也有不同的形状。伴随着意识的感知，我那融入身体的一丝本源力量似乎颤动了起来。而伴随着这一丝力量的颤动，那些在我意识感知之中的光点，其中两种颜色的光点朝我蜂拥而来，似乎在注入我的意识，也在融入我的身体。

“咦？双属性亲和？”惊讶的声音响起。

我自然听到了他的声音，但心中有着强烈的愤怒和不满。

怎么才两种颜色的光点？为什么才两种？作为伟大的奥斯汀格里芬，不应该是所有种类的光点都要向我臣服吗？为什么还有一种白色的光点隐隐对我产生了排斥？难道那种光点就不怕被伟大的奥斯汀格里芬毁灭吗?

尽管如此，我还是能够感受到自己的身体在发生着一些奇妙的变化。这个身体似乎在快速地进化，大量的黑色光点和红色光点涌入我的身体，让我的身体发生奇异的变化。我终于有了一些拥有力量的感觉，尤其是开启的那一丝封印，使我本源之中的意识泄露出来了一丝，这对我的帮助是巨大的。

我的全身开始发热，伴随着越来越多的黑色光点与红色光点涌入我的身体，那种拥有力量的感觉也变得越来越强。

渐渐地，我沉浸在了那种感觉之中，身体产生的奇妙变化，也让我知道了那黑色光点与红色光点究竟代表的是什么。

黑色光点代表的是暗元素，红色光点代表的是火元素。毕竟，那个经常亲我脸的十八岁“老”女人教过我一些基础知识。

黑暗与火，凑合吧。

在对黑暗与火的感悟中，我的世界渐渐陷入了沉静。我的身体不断地吸收着暗元素和火元素，同时我也在感应着自己的变化，仿佛有什么东西破开了，与我的身体融为一体。嗯，应该是我本源的力量与这人类的身体在交融，真正将我的本源带到了这个世界之中。

好像只过了一瞬，又好像过去了很久。当我清醒过来的时候，我的世界似乎变得明亮了。

那是意识的点亮，这让我更加清晰地感受到了那些光点的模样，我完全明白了，这些光点代表的就是不同的元素。很多黑色光点与红色光点围绕在我身体周围，而其他颜色的光点还是保持着原本的状态。

我醒了。

我睁开双眸，顿时吓了一跳。我还是在原来的地方坐着，但我发现，我身边围着一圈人。

他们的年纪都很大，头发和胡子全白了，一个个正用古怪或者震惊的眼神看着我。

我下意识地看向自己，顿时，我感觉到自己的脸僵硬了，我看到了自己赤裸的身体。

我下意识地用双手抱住自己的身体，大叫道："我的衣服呢？"

"嘎嘎嘎嘎。小家伙，你总算醒了。"一个穿着黑色魔法袍、身体干瘦、眼睛泛着绿光的老年人用比乌鸦还难听的声音笑着说道，凑到我面前，捏了捏我的脸。

第5章

选个老师

为什么？为什么所有人类都喜欢捏我的脸？

我有些嫌恶地用手拍开他的手掌，没好气地道：“还我衣服，你们这群老头。”

我数了数，有十二个这样的老……魔法师。看他们身上那带着光纹的长袍，他们应该是魔法师。

那穿着黑袍的瘦老头手腕抖动了一下，一件宽大的黑袍就落在了我身上，虽然不合身，但还挺舒服的，就连环绕在我身边的暗元素都被它吸了过去。

“等一下！”正在这时，一名身穿红色长袍的胖老头凑了过来，“西迪，他可是我火元素一脉的。我能感应到，他身上的火元素波动极为强烈。”

黑袍瘦老头顿时眼睛一瞪，眼中绿光变得更加明显了：“胡说！你知不知道，我在他身上感受到了黑暗之子的气息。他必然会成为伟大的黑暗魔法师。你们火元素算什么，能和我们暗元素相比吗？哪儿凉快哪儿待着去。”

红袍胖老头大怒，身上顿时亮了起来，那是炽烈的金红色光芒，别说，配上他那胖墩墩的身体，真像个火球。

“你才胡说。看你那人不人、鬼不鬼的样子，就知道你们暗元素有多么肮脏。”

“你是不是想死？”黑袍瘦老头的眼神阴森了几分，顿时，周围的光线似乎都变得阴暗了，我还能感觉到，空气中各种颜色的光点都在轻微地颤抖。嗯，好像这个老头实力更强一点。

红袍胖老头好像有点慌，但还是愤怒地道：“我提议，由全体长老公决。”

“我不同意。”黑袍瘦老头立刻说道。

“好了，当着小孩子的面，非要丢人吗？”正在这时，一个严肃的声音响起。

我顺着声音看去，那是一个穿着白袍、身材很高的老头。他身上的气息，似乎是之前对我有抗拒的那种光元素，对，就是白光！

他一出声，周围其他老头自然而然地微微朝他的方向躬身，唯有黑袍瘦老头例外，还是梗着脖子。

红袍胖老头既然提出公决，估计是有把握赢吧。这黑袍瘦老头一看人缘就不怎么样，他是黑暗，那个看起来最厉害的白袍高老头是光明，一看就不会向着他。

“你们这群老家伙，是不是应该让我说句话？”我忍不住说道。

“不得污言秽语。”白袍高老头沉声说道。顿时，我感觉到自己不能说话了。

“让他说。”黑袍瘦老头一挥手，我又能说话了。

“你们是不是在争论谁教我？”我问道。

红袍胖老头点了点头。

我道：“那你们一人教我一下，看看哪个教的东西我能更快领悟，我就跟谁。”

说着，我从地上爬了起来。身上披着黑袍的我站起身之后，惊讶地发现自己长高了，而且明显地长高了。

那黑袍瘦老头应该有一米八，跟奥赛格里芬差不多，但我现在已经到他胸口了，原来我也就到奥赛格里芬的肚子位置吧。魔法觉醒还能长身高？这应该也是进化的一部分吧，不错。

我攥了攥拳头，嗯，好像更有力量了。

“可以！”黑袍瘦老头第一个答应了。

红袍胖老头犹豫了一下，但也点了点头：“我也觉得可以。”

白袍高老头看看他们，最终也点了点头，道：“你们分别以魔法传音，各自教导他五分钟。就以元素凝聚为题，最终，哪一种元素他凝聚得更好，他就更适合哪一系。”

“我先来。”红袍胖老头毫不犹豫地说道。

我感觉到他的声音似乎有些变了，变得让我的意识有种震荡的感觉。他在用自己的意识碰撞我的意识？

渺小的人类，竟然敢碰触伟大的奥斯汀格里芬的意识！要是在我被创世封印之前，我瞬间就能让他的意识泯灭。现在，嗯，听听吧。

“小子，你稍后闭目观想，去感悟红色元素的存在，再按照我说的方式进行引导，最终将红色元素凝聚向自己的掌心。”他絮絮叨叨说了好半天。

然后换了黑袍瘦老头，黑袍瘦老头讲的跟红袍胖老头差不多，反正也是絮絮叨叨说个没完。他还告诉我，凝聚暗元素会比凝聚其他元素困难一些，让我待会儿凝聚火元素的时候放点水，不要全力以赴，等凝聚暗元素的时候再全力出手。果然是个狡猾的老头啊！

“小家伙，你领悟好了吗？”

我点点头。

他们教的那些引导路线什么的，我一概没记住，还有什么内心默念咒语，简直没一点用。有什么可领悟的？

“那你开始吧。可以任选一种先来。”白袍高老头说道。

我嘴角牵动了一下，强忍着不让自己流露出不屑的表情，双手平伸在自己身体两侧。

“等一下，先把法袍脱了。”红袍胖老头突然说道。

还没等我反应过来，我身上的黑袍就飞走了。

我大怒，这群可恶的老家伙……

我左手释放暗元素，右手释放火元素，两团光芒几乎同时出现，而且大小一模一样。

“心分二用，双属性掌控！”不知道是谁惊呼了一声。

这很难吗？我不屑地想着。什么咒语，伟大的奥斯汀格里芬只要动动念头，这些元素就会乖乖地听话。无论什么元素，最初都是创世那个家伙创造出来的，作为和他一体双生的反面，我就算不如他，掌控这么点小东西还用费劲？笑话！

不过，同时释放出两种元素，让我能清晰地感受到自己进化之后的变化，我变得强大了。这种感觉还是很不错的。这也证明我选择的路是对的。

“需要为他做一下先天内灵力的检测。”白袍高老头脸色变得越发严肃了。

“衣服给我。”为了不再被禁言，我总算没有再喊他们“老家伙”，我先忍着！

黑袍瘦老头一脸亢奋地看着我，道：“众所周知，暗元素的凝聚要比其他元素的凝聚更为困难。作为初学者，他却能够将暗元素凝聚得和火元素一样多，这无疑证明他更加适合做黑暗魔法师。”

白袍高老头不置可否：“最准确的方式还是先进行先天内灵力的检测，然后再决定吧。”

红袍胖老头这时候已经拿出了一个水晶球并递给了我，急切地道：“把你的火元素注入水晶球之中。”

我瞥了他一眼，将凝聚的火元素注入了水晶球中，然后，“啪”的一声，红色的水晶球碎了！

安静了，他们都安静了，好像是被伟大的奥斯汀格里芬吓到了。

黑袍瘦老头默默地也塞给我一个水晶球，我脑海中响起他的声音：“就算是捏，也必须把它捏碎。”

“啪！”黑色的水晶球也碎了。

“嗡——”一个巨大的白色光罩，在下一瞬似乎将整个世界都笼罩了起来。

所有老头都用一种贪婪的目光注视着我。

我突然意识到，自己好像表现得有点过度了，他们不会对我有什么不好的想法吧？

“神体！”白袍高老头严肃的声音在这一刻有些颤抖。

黑袍瘦老头、红袍胖老头抖得比他还厉害。

神体？创世如果是神，那么，我当然也是神——嗯，毁灭之神！

白袍高老头很快平静了下来，用非常严厉的声音道：“今天这里所发生的一切，谁也不许对外说，严密封锁！”

说到这里，他停顿了一下，然后用有些低沉的声音说道：“他，是地戎崛起的希望，你们明白我的意思吗？”

第6章

变身

黑袍瘦老头的名字叫西迪，红袍胖老头的名字叫祝荣。他们都成了我的老师。

我被送了出来。他们让我回家与家人团聚三天，然后我就要在魔法塔中接受教导，不能随意回家了。

我最讨厌那个白袍高老头，因为他在我出来之前给我施展了一个魔法，大概作用是影响我的记忆，想要清除我脑海中有关我是神体的那一点记忆，只是让我觉得自己是个天才就够了。

真是幼稚，伟大的奥斯汀格里芬的记忆是他能够影响的吗?

唉——

回到家的我，被口水糊了一脸，还被胡子扎了。

在得知我是学习魔法的天才之后，我觉得他们都疯了。

还是赫本第一个发现我长高了。她那是什么眼神，是不是因为我长高了就更帅了？他们说，我现在已经像八九岁的孩子那么高了。

如果不是我告诉奥黛丽我饿了，她还抱着我不停地亲呢，她竟然一边亲我，一边抱怨我的脸没有之前那么肉乎乎了。这是什么逻辑?

通过他们的讲述，以及我从魔法塔一出来，两个女人就哭了这件事，我才知道，我之前的觉醒竟然用了三天三夜。这个位面的时间真是不经用。

直到夜幕降临，我才终于耳根清净下来，把脸洗干净了。看着镜子中确实长大了不少的自己，我的心中总算有了一丝喜悦。不错，进化开始了。创世，你等着看吧，等着我一点点地把封印全都冲开，哼!

想要不断进化，冲开封印，我就要让自己变强，唤醒更多属于我的意识本源。那个冥想似乎不错。

于是，我坐在床上，再次尝试冥想。

魔法塔之外，空气中的各种元素明显稀薄得多，冥想刚开始，我就能感觉到进度比之前慢多了，而且没法像之前那样沉浸其中。

难怪那些老头非让我去魔法塔修炼，还是有点道理的。我就勉为其难答应了吧。

我通过意识，很自如地控制着身体内的暗元素和火元素，也就在这时，我的身体开始发生了一些转变。我能感觉到，自己的身体在发痒，很多东西都在变化。

我怎么了?

我也不知道。

我睁开眼睛，快速跑到卫生间，对着镜子看。

我吃惊地发现，我的皮肤上多了一层紫色的东西，然后那些紫色的东西变成了一个个紫色的点，看上去有点恐怖。

但我没有尖叫，毕竟，我可是伟大的奥斯汀格里芬。我能感觉到，这似乎并不是坏事，这是我自己的身体进化带来的，似乎是我那觉醒的一丝本源力量所带来的变化，之前在魔法塔之中没有出现，回来之后却出现了。

那一个个紫色的点渐渐亮了起来，而且在变大，我用手去触摸，发现那是硬硬的东西，然后它们渐渐长成了一块块鳞片。

痒开始变成了疼痛，我全身剧痛起来，顿时倒在了地上，但我没有叫出声，不能让奥赛格里芬和奥黛丽听见。

我的身体开始抽搐起来，太疼了，疼到了骨子里。但是，让我心安的是，我能感觉到，这似乎是进化的一部分。我的骨头开始发出密集的响声，那种噼里啪啦的声音不算什么，可声音带来的是一浪强过一浪的疼痛，而我的意识又偏偏如此清醒。

我还能感觉到，空气中的火元素和暗元素疯狂地向我的身体内奔涌，它们涌入我的每一块骨骼、每一寸肌肉之中，似乎在滋养着我的身体。

倒在地上的我身体扭曲着，太疼了，实在是太疼了。肯定是创世那个家伙的封印让我承受了这么大的痛苦，要是没有封印，我肯定不会这样。创世，我恨你！

直到外面的天渐渐亮了起来，我身上的疼痛才逐渐消失，意识清醒的我，这一刻只觉得虚脱了。

而当无意中看到镜子之中的自己时，我真的惊呆了，恐惧瞬间侵袭我的大脑。

那是什么？

那是什么？

在我身体里同时响起了两个一模一样的声音。

镜子中出现的是一条蜥蜴，身长大约一米五，比我原本的身体略高一点，却长着两个头，全身覆盖着深紫色的鳞片。

两个头的样子是一样的，但眼睛的颜色不同，一个头的眼睛是红色的，另一个头的眼睛是黑色的。

我下意识地动了一下自己的头，就看到镜子中的两个头也都动了。

我再动，它们也再动。

我、我……我变成了蜥蜴？

本源的意识似乎在告诉我，这才是我本来的样子，伟大的奥斯汀格里芬本来的样子。

可是，不知道是不是受到了人类审美的影响，我觉得这样的自己真的好丑啊！

我不要变成这样，我不要变成蜥蜴，太丑了，真的是难以形容的丑陋。

就在我这么想着的时候，我的身体开始出现奇异的变化，紫色的光晕环绕，身上的鳞片渐渐褪去，尾巴分开，两个头向中央合拢。镜子中的我似乎变得虚幻了，一会儿的工夫，我重新变成了人类的样子。

我捏了捏自己的脸，还是人类的样子看起来更顺眼。是的，顺眼太多了。

我大口大口地喘息着，平复着内心的恐惧。太好了，我还是人类的样子。

坐在地上，看着窗外黎明的曙光，我渐渐冷静了下来。

冷静之后的我首先思考的问题就是：刚刚那种形态是从何而来的，我为什么会变成那样？

本源的意识一直在告诉我，那样的我才是真正的奥斯汀格里芬。可是，伟大的奥斯汀格里芬为什么会那么丑陋？为什么？一点都不威武霸气！

“变成蜥蜴！”我命令自己。

没反应，我的身体没有任何反应，似乎并不认可蜥蜴这个名字。不是蜥蜴？那就好，我又松了一口气。

再来，变身！

我的身体有反应了，一个个紫色的光点从我的皮肤表面浮现。这一次没有痛苦，一切都变得顺畅起来，我的身体开始发生变化。

这一次我无比清醒，我清醒地用全部意识感知着身体所有的变化。

是的，我在变身，从人类的身体变成另外一种形态，并不是蜥蜴。我隐约感受到自己的身体产生了一种共鸣，这种共鸣发出一个特殊的声音。

“奇美拉、奇美拉、奇美拉……”

这才是我这个身体形态的名字吗？奇美拉，有着两个头的奇美拉。龙？我隐约记得创世说过，龙是他创造出来的最强大的生物，他一开始想要为这种生物取的名字就是奇美拉，后来才改成了龙。

难道他所创造的龙，实际上是以我为原型创造出来的吗？可是，为什么我怎么看都觉得现在的自己像是蜥蜴？

实际上，我应该是双头奇美拉？

在变身之后，我感觉到了变化。首先是身体力量方面的变化，无论是头、尾巴还是爪子，都比之前人类的身体有力量得多。其次就是对暗元素和火元素的感应方面的变化。那两个头似乎能够分别感应两种元素，对元素的感知、操控都变得更加容易和顺畅。也就是说，变身为双头奇美拉时，我会更加强大。

不，不对，不是我丑，也不是我弱小，而是因为我被创世封印了！只觉醒了一丁点力量，我就变成了现在的样子，那么，若我觉醒更多的力量，不断地进化呢？我的样子估计会有更大的变化。

随着身体的进化，我的意识似乎也变得更加清醒了。

不过，虽然这样子更强大，但现在还是让它见鬼去吧。什么时候变得霸气了，再变身不迟！

第7章

最后一堂课

赫本坐在我面前，看着我。

她又捏了捏我的脸。

“你再捏我，我也要捏你了！”我忍不住发怒道。

“你脸红什么？难道你真的想娶我吗？嘻嘻。我可是答应过你的哦。”赫本笑嘻嘻地说着，“不过，你现在好像长大了一点，我有些不敢再和你开这样的玩笑了。”

开玩笑？我愣了愣。原来她只是在和我开玩笑。是啊！本来就应该是开玩笑的。这个女人可真讨厌。

“唉，可惜等你进了魔法塔之后，我就不能经常见到你，也没法再教导你了。今天，就让我们上最后一堂课吧。小奥斯汀，魔法的世界是非常神奇的，既然你已经觉醒成功，那么，我就可以为你讲述这方面的知识了，让你对魔法有大体的了解。”

我就听听，不说话。

赫本继续说道：“魔法分为很多种属性，譬如基础的水、火、土、风、光明、黑暗。这是六大基础属性，除此之外，还有特殊的空间、时间，还有组合的冰、雷，等等。绝大多数魔法师只能拥有对一种属性元素的亲和能力，在单一种类的魔法世界中感悟，但也有少数魔法师能够拥有两种甚至两种以上的能力。这样的魔法师如果能够达到更高层级，就会更加强大，因为他们有施展复合魔法的可能。嗯，说远了，这个对你来说还很遥远。

“我再给你讲讲魔法师的等级。魔法师主要分为九个等级，从低到高分别是：魔法侍从、魔法学徒、魔法师、大魔法师、魔导士、大魔导士、大魔导师、圣魔导师、法神。我就是一名魔法学徒，估计再修炼几年，就有可能成为魔法师。只有达到了第三阶，成为魔法师之后，才算真正意义上跨入了魔法的世界。你还这么小，又觉醒得不错，你可要加油哦。据说，最优秀的学徒在十二岁就有达到魔法师的可能。而所有走到最后的法神，几乎都是在十二岁之前就成为三阶魔法师了。唉，我这辈子看来是不可能成为法神了。不过，也有大器晚成的例子，我会加油的。”

我忍不住开口问道：“怎么判断处于哪个等阶？”

赫本赞许地道：“这个问题问得好。任何职业的等级，都是以灵力来衡量的。灵力又分为内灵力和外灵力。对我们魔法师来说，外灵力不怎么重要，那不是我们擅长的。所谓外灵力，更多的是形容身体强度。内灵力才是我们自身能够引导的元素强度。内灵力达到十，就能称为魔法侍从了；达到一百，就是魔法学徒；两百以上就是魔法师了。我现在的内灵力在一百五十左右，所以，距离魔法师不远了。内灵力两百到五百都属于魔法师的范畴，当突破五百的时候，就是大魔法师了。你现在只需要知道这几个等级就足够了。每一个等级向上跨越的时候，还会有瓶颈。”

“检测灵力是用水晶球？先天内灵力又是什么？”我问道。

“对呀。你检测了吗？是多少？我当初的先天内灵力是二十五，有一点低，所以提升得也慢。”赫本有些无奈地说道。显然，她的魔法天赋和她的容貌不成正比。

“我不知道我的是多少。最高是多少？”我问道。

赫本道：“先天内灵力能够达到五十，就是天才了。他们说你是天才，你的先天内灵力很可能就达到了这个数值。再高那就太厉害了。据说，最厉害的是先天内灵力达到八十的超级天才，那可是凤毛麟角。”

“八十就是上限了？超过上限，水晶球会爆炸吗？”

赫本有些茫然地道：“你在说什么？什么水晶球爆炸？八十也不是上限，我听说上限好像是一百。不过，那是传说。”

水晶球的测试上限如果是一百的话，我弄炸了两个水晶球，先天内灵力应该超过了一百。超过一百就是神体？从赫本的讲述中，我有了一定的判断。

“你怎么不进魔法塔学习？”我转移了话题。

赫本的脸红了，好像变得更顺眼了一点：“我的内灵力太低，只有天才才有资格进入魔法塔。就算自费，最低标准也要先天内灵力达到四十。更何况，费用不低，自费的话……”说到这里，她吐了吐舌头。

“如果能进魔法塔学习，你愿意吗？”我问她。

“当然愿意啊！不愿意不是傻子吗？”她白了我一眼。

她又絮絮叨叨地给我讲了一些有关魔法的东西，有一部分还是有用的，让我更容易了解这个世界。

“你是什么魔法属性？”她问我。她之前好像忘记问了。

“你呢？”我反问道。

“我是火属性。我们火系魔法师可是爆发力最强的。”

听了她的话，我不禁想，如果我早知道她是火系魔法师的话，会不会直接选择那个红袍胖老头？

“你呢？”她问我。

“我也是火系。”我向她咧了咧嘴，说道，“赫本，我想和你讨论一个严肃的话题。”

“是什么？”

我严肃地看着她，道：“你说话不算数。因为我年纪小，所以你就欺骗我吗？”

赫本笑了，她笑得真好看，然后她就抬起了双手，捏住我两边的面颊，扭啊扭的，让我的脸都变形了。

“就骗你了，怎么着吧。”

“我会报复你的，你等着，很快！”我恶狠狠地说道，也去捏她的脸，但可悲的是，我的手太短够不到，只能在空中乱舞。

第8章

报复赫本

“我想要个魔法侍从照顾我的生活起居，我还是个孩子。”我向黑袍瘦老头西迪说道。

三天过得很快，在经历了口水乃至泪水的“洗礼”之后，我终于又来到了魔法塔。西迪直接把我带到了一个阴森的地方，据说这是他的修炼之地——暗元素魔法殿。

西迪没好气地道：“你连老师都不叫一声，就跟我提条件？”

让伟大的奥斯汀格里芬叫你老师，你行不行啊？我叫你老师，岂不是意味着你比创世还高一辈？也挺好，我给创世创造一个师叔。

“老师。”我向西迪笑了笑。

西迪突然抖了一下，好像感觉到了什么。

但他很快就严肃起来：“奥斯汀，你知不知道，在选择魔法侍从这件事上，你要慎重。”

“为什么？”我疑惑。

西迪道：“你是神体，这就意味着你的先天内灵力有上百点。这在整个魔法师的世界中是极其罕见的，甚至可以说你拥有绝无仅有的超级天赋。而作为你的侍从，必然要和你签订侍从契约。这样的话，对方就能够从你身上获得天赋上的巨大助力。譬如，他的先天内灵力如果是二十，而你是一百，那么，与你签订契约之后，他的先天内灵力就会改变，一百减二十除以二，再加上原本的二十，从而变成六十，成为一名魔法天才。这必将暴露你的先天内灵力数值。同时，他也将获得巨大的好处。而在我们魔法塔之中，愿意做这样的侍从的人不知道有多少。我所掌控的暗系，还有祝荣那老家伙掌控的火系，愿意与你缔结契约的，恐怕会是先天内灵力七十以下的全部低阶魔法师，你该如何选择？”

“还有这样的好处？”我有些惊讶地看着他。

“是的。如果你愿意，我可以给你把所有符合条件的魔法侍从和学徒都找来，任由你挑选。”西迪的眼睛放光。

“不用了，我有人选了。”我笑了，因为我有点开心。

“你有人选了？这可要慎重啊，奥斯汀，你要知道，虽然魔法侍从会与你签订侍从契约，但一般来说，契约只有五年，五年之后，他可以选择离开。当然，他也可以选择续约。”

我看着西迪，道：“那就应该选择一个先天内灵力低的侍从对不对？毕竟，这样侍从更不容易离开我。”

“可是，这就很难打造出一个顶级天才了。如果你选一个先天内灵力七十的，就有可能将他的先天内灵力提升到八十五。先天内灵力八十五，至少能晋升到八阶。”

“老师，我有人选了，除了她之外，我不会和任何人签订契约。”我坚定地说道。

“那是谁？先天内灵力多少？是暗系的吗？”西迪瞪着我问道。

“先天内灵力二十五，火系的。”我的脑海中充满了报复的快感。我的侍从，我等你！

“什么？不行！”西迪瞬间气炸了。

不过，让他平息怒火对我来说其实挺简单的。

“老师啊，我决定主修暗系魔法，辅修火系。您看这样如何？您要是不反对的话，我主修火系也行。”

西迪的火气还没喷出来就噎住了，他瞪了我半天，没说出话来。

“我的先天内灵力应该不止一百，我好像有这样的感觉。用一个低阶的侍从，也能测试出具体数字。不过，我觉得您应该先将她之前的资料销毁。这样一来，等我与她签订契约之后，我们就可以通过虚报她的先天内灵力来掩盖我真实的先天内灵力值了。”

“你真的只有六岁？”西迪上下打量着我，似乎有些怀疑。

“不然呢？”我没好气地说道。

一个小时后。

还是在西迪的魔法殿，胖老头祝荣也来了。看着他们的身材，我就忍不住在心里吐槽，你们就不能匀匀吗？

而此时，在他们面前还有一个人——那个我很熟悉的，满口谎言欺骗了伟大的奥斯汀格里芬的女人。

她今天的皮肤为什么格外白皙？不会是吓得脸色苍白了吧？

祝荣跟我说过，他是八阶圣魔导师。嗯，西迪也是，不过他看起来比祝荣厉害一点。

“你叫赫本？”祝荣笑眯眯地看着十八岁的女子。

“是的，尊敬的圣魔导师。”赫本的头都快低到胸口了。

“我们叫你来，就直说了。奥斯汀格里芬希望你能够做他的魔法侍从，你是否同意？”祝荣继续说道。

想要销毁一名火系魔法师的资料，是绕不过祝荣的，毕竟，他是地戎魔法塔火元素魔法殿的执掌者。而对祝荣来说，我愿意选一名火系侍从而不是暗系的，他心里早就乐开了花，所以，销毁赫本的资料并不难。西迪当然不会告诉他，我答应以暗系作为主修魔法。而对伟大的奥斯汀格里芬来说，有主修和辅修这回事儿吗？不存在的！真是两个笨老头啊！

“啊？”赫本很惊讶，抬头看向了我。

我向她挑了挑眉毛。

“我不愿意。”赫本下一句话气得我差点跳起来。

“什么？！”两个老头几乎同时瞪大了眼睛，又扭头看向我。

“你不是说你们说好了吗？”西迪吹胡子瞪眼睛地看着我。

祝荣则严肃地看向赫本，道：“你知不知道，你要是拒绝，将会错过怎样的机会？”

赫本有些茫然，两名圣魔导师情绪的变化令这个空间之中的压力陡增。

我压制住了自己的愤怒，用非常郑重而且严肃的目光看着赫本：“赫本老师，我听西迪老师说，魔法侍从能够与其侍奉的魔法师缔结契约，从而共享一部分天赋。我记得您教导过我，先天内灵力直接决定一个魔法师未来能走多远。您是我的老师，您对我的教导对我有很大的帮助。在魔法觉醒之后，我才知道，我的先天内灵力超过一百，所以，我希望能够帮助您拥有更好的天赋，圆您成为强大魔法师的梦。”

在这一刻，我的眼神之中充满了真诚。

两个老头在这一刻都保持了沉默，我觉得他们应该是被我感动了。在这一刻他们才知道，赫本是我的启蒙老师。而我对启蒙老师这么好，身为我现在的老师，他们心中一定很欣慰吧——一定是的。

“一、一百？”这次轮到赫本的眼睛瞪大了。不得不说，她瞪大眼睛的样子，可比两个老头瞪眼睛好看不知道多少倍。而且，我被她这么看着，心中还有点满足。这是不是人类说的虚荣心？

“是的。老师，请让我帮您。我还小，也需要有人在身边照顾。五年之后，如果您选择离开，我们就解除契约。那时候您还年轻。”我认真地说道，眼眸之中甚至泛起了泪光。

毕竟，我只是个六岁的孩子啊！来到一个陌生的地方，面对陌生的人，有个熟悉的人在身边照顾是非常有必要的。理由我不都给赫本找好了吗？

赫本的眼神渐渐柔和了：“可是，我天赋低，会不会耽误你……”

“这不是你要考虑的事情。他是未来要成为法神的存在，作为法神，是否有侍从并不重要。”西迪淡淡地说道。魔法师作为所有职业之中攻击力最强大的存在，确实不需要担心那些有的没的。

“那……我愿意。”赫本似乎下定了决心。

我没笑，我忍住了！哼哼哼，我的侍从！

接下来就是缔结契约的过程，由祝荣来主持。

我们换到了一座以红色为主的魔法殿，这里有着浓郁的火元素。

“奥斯汀格里芬，你是否愿意从今日起接受赫本为你的魔法侍从，未来，无论顺境还是逆境，在契约时间内你都不得抛弃、伤害她，并与她分享你的天赋与经验？”

“我愿意。”报复的快感让我在这一刻有点飘飘然。

“赫本，你是否愿意奉奥斯汀格里芬为主魔法师，无论顺境还是逆境都遵从他的指示，在遇到危险的时候，用自己的生命去捍卫他的安全与荣耀？”

“我愿意。”赫本轻轻地点了点头。

第9章

火天使之体

祝荣口中不断地吟唱咒语，身下红色的魔法六芒星闪烁着夺目的光芒。两道红光分别落在我与赫本身上，炽烈的火元素彼此交融。

冥冥之中，我感觉到一个非常弱小的意识与我的意识连接在了一起——是的，赫本作为一个人类，她的意识对我来说实在是太渺小了，而我的意识也随之向她涌去。

赫本脸上顿时流露出了痛苦的表情，她身体周围的火元素也变得炽烈了起来。

我扭头看向祝荣。

祝荣道："没事。你的天赋给她的天赋带来的提升，会让她对火元素的感知变强。毕竟，她原本的先天内灵力过低，提升明显是正常的……"

他才说到这里，声音就戛然而止，同时瞪大了眼睛。

什么情况？

赫本身上的变化太大了，炽烈的火元素渐渐从原本的赤红色变成了金红色，在她身后，还出现了一圈金色的火焰光轮，那光轮外面呈现为光芒散射的状态，夺目的光彩给人一种难以形容的奇异感受。

“火元素使者？”西迪向祝荣问道。

祝荣嘴角抽搐了一下，两个老头的表情都变得古怪起来。

他们看向彼此，异口同声地道：“不要上报。”

“你们在说什么啊？”我疑惑地看着他们。

“火元素使者，也被称为火天使，这是先天内灵力的天赋等级之一。这意味着，现在的她，先天内灵力已经超过了七十。你自己算算。”西迪瞪着眼睛跟我说。

“一百一十五？这么低啊！”我算了一下自己的先天内灵力。

“低？”西迪和祝荣看着我的眼神有些凶狠，“已知历史上最高的先天内灵力是一百二十，这位现在已经是半神，号称最接近神的存在。九阶法神的内灵力是十万，而这位半神的内灵力突破了一百万。”

“竟然还有比我天赋高的？”虽然我还没有完全觉醒，但怎么可能还有天赋比我高的？我顿时有点不服。

祝荣一巴掌抽过来，但在距离我的后脑勺还有一段距离的时候就停了下来。

“一百一十五，是在她先天内灵力七十的情况下。火天使之体的基础是七十，七十到八十之间都是火元素体。不过她已经通过修炼提升了自己的修为，没办法再测试先天内灵力。所以，你的先天内灵力究竟是多少，我们没法测出具体数值。但至少是一百一十五，至于最高……”祝荣自己都有点不敢想象了。

“这样啊，凑合吧。”我这才满意了一点。

“西迪，我有点慌。”祝荣看着西迪。

西迪却咧嘴笑了："在各大帝国的历史上，好像还从未出过暗系半神呢。看来，我们黑暗魔法师要崛起了。"

他才不会告诉祝荣，我已经答应主修黑暗属性魔法了。

赫本身上的火光渐渐暗淡下来，她整个人越发明艳，原本的黑发变成了暗红色的，气质上也出现了一些变化，显得更加动人了。在火元素的滋养下，她整个人仿佛都变得晶莹剔透。

赫本睁开双眼，眸光有些迷离。她缓缓抬起自己的双手，顿时，一簇金红色的火焰在她掌心之中凝聚。

祝荣来到她身前，严肃地道："赫本。"

"啊，圣魔导师阁下！"赫本赶忙行礼。

祝荣道："奥斯汀格里芬是我的弟子，你是他的侍从，我也收你为徒，但前提是，你必须一直是他的侍从。当你选择离开他的时候，我们师徒的缘分就尽了。我相信，你不会那样做。虽然我们没办法准确测出你的先天内灵力，但你现在已经拥有了火天使之体，你应该明白这意味着什么。未来的你，至少能达到圣魔导师的层次，我的先天内灵力也不过是火天使之体而已。现在，我需要对你下封口咒，有关今天的一切必须保密，这是对奥斯汀的保护。你作为他曾经的老师，我相信这也是你所希望的。"

赫本还有点蒙，火天使之体？这是她原来想都不敢想的啊！她觉得自己体内的内灵力成倍增长，对火元素的感知前所未有地强烈。

圣魔导师做老师？她明白，自己的一切都被改变了，而改变这一切的，正是那个还只有六岁的孩子——虽然他看上去已经不像六岁了。

在魔法塔里面，我有两个住处。这里真的很大，据说是因为空间魔法。祝荣和西迪都在自己的魔法殿给我安排了一个套间，我住里面，我的侍从住外面。

或许是因为我收了火系的侍从，祝荣显得很大度，让我先跟西迪学习一个月，再去他那里学一个月，如此往复。所以，我先回到了暗元素魔法殿里的住处。

关上房门，放下自己的东西，赫本看着我，眼圈红了。

不知道为什么，在这一刻，我突然有种不祥的预感。

“谢谢你，奥斯汀。我真的不知道，你的天赋竟如此卓绝。”她的声音中带着哭腔。

“那是，我可是伟大的奥斯汀格里芬。”我骄傲地说道。

她猛地冲向我，然后一把把我抱了起来。

“吧唧吧唧吧唧吧唧……”

“你干什么？快放下你的主人！我可是你的主人！”

“谁也没规定侍从不能亲主人呀！吧唧吧唧吧唧吧唧……”

今天，我又明白了一个成语的含义，这个成语是“作茧自缚”。

“我会好好照顾你的，谢谢你带给了我全新的人生。”

“我不用你谢。让你做我的侍从，只是我对你谎言的报复！”我勉强维持着我的骄傲。

“吧唧吧唧吧唧吧唧……”

有完没完？这个女人有完没完?！当着奥黛丽和奥赛格里芬的面，她也就是捏捏我的脸。现在这样太过分了！

虽然赫本是火系魔法师，而这里是暗元素魔法殿，但对刚刚拥有了强大内灵力的她来说，只要通过冥想来提升自己就足够了。祝荣在我们过来之前，送给了她一块火元素晶石，当然，名义上还是给我的，让她在冥想的时候使用。这样，她就不需要担心暗元素魔法殿这边暗元素浓郁的问题了。

西迪开始教我黑暗属性的魔法，我白天学习魔法，晚上冥想。

在这里冥想的效率很高，我能感觉到我凝聚的力量每天都在快速变强。而事实上，对我来说，明白了这些能量运行的规律后，我的修炼效率根本不是他们这些魔法师能够想象的。

至于咒语什么的，我就更不屑一顾了。伟大的奥斯汀格里芬使用魔法还需要咒语？

“奥斯汀，我要和你谈谈了。”结束了在西迪那儿的学习之后，回到住处，赫本走进了我的房间，有些严肃地跟我说。

“谈什么？”我疑惑地看着她。

不得不说，有她在，我真的没那么寂寞。作为侍从，每天我学习的时候，她都会旁听。虽然西迪是暗系的，但魔法有很多原理殊途同归，反正她听得挺认真的。

“你太懒散了，学的时候懒散，回来的时候，我甚至看不到你练习。你拥有这么高的天赋、这么好的老师，怎么能这样呢？”赫本痛心疾首地说道。

“我怎么不练习了？”我分辩道。

“隔壁的魔法练习室你一次都没进去过，每次我问你，你都说待会儿就去，可你去过吗？这都半个多月了。西迪圣魔导师可是说过，月底要对你这一个月的学习进行测评啊！你再不努力，到时候怎么能通过他的考核？”

我歪头看着她："考核我什么？"

"当然是对魔法的运用啊！"赫本气不打一处来，她走到我面前，一把捏住我的脸，还拽了拽。

"疼！疼！你还有没有点儿作为侍从的自觉？"我好不容易拉开她的手。

"快去魔法练习室！"赫本嗔怒道。说着，她拉着我就往魔法练习室走去。

唉！神的世界，凡人果然不懂。

第10章

瓶颈

魔法练习室挺大的，足有三百平方米，五米多高，墙壁上都设置了防御魔法阵，不怕损坏，是专门用来练习魔法的。

“开始吧。”赫本推了推我，指着前方的墙壁。

“开始什么？”我扭头问她。

她双手叉腰，恼怒地道：“开始魔法练习啊！这些天，西迪圣魔导师至少教了你十个基础魔法，每次你就是问几句，回来之后，你一次都没练习过。”

“我已经会了，还练习什么？”我无奈地道。

“会了也要练习啊！运用魔法，熟练度也很重要。吟唱咒语的速度会决定你施法时间的长短，从而……”

真是个麻烦的女人，唠叨起来就没完没了，我想回去休息，冥想对我来说才有用。

于是，我抬起手，轻轻地挥了挥，魔法练习室内的光线一暗，赫本的声音戛然而止。

暗元素凝聚！空气中的暗元素多了，光线自然就暗淡了。

下一刻，一圈暗紫色的光晕在我身体周围亮了起来——暗元素魔法盾!

对于魔法师来说，魔法盾是看家本领，任何属性的魔法师都会修炼。火属性就是火元素盾，暗属性就是暗元素盾。这是魔法师修炼到第三阶，真正成为魔法师之后必修的一个魔法，也是魔法师三阶身份的象征。

赫本已经呆了。

然后，一个个紫黑色的光球从我手中飞出，飞到对面的墙壁上，化为一片片暗紫色光晕。

暗魔法弹！这是一个二阶黑暗系魔法，攻击速度快，威力大，具有腐蚀性。

每三颗暗魔法弹之间还夹杂着一颗墨绿色的飞弹，这可就不是二阶魔法了，而是三阶的酸液飞弹，具有超强的腐蚀性和附着性，是黑暗魔法师达到三阶之后最让对手头痛的魔法。

射了几轮之后，我停了下来，转身向外走去。

经过赫本身边的时候，我拍了拍她的肩膀："天才的世界你不懂。"

然后我就出去了。

不过，我刚刚回到房间，她就追了过来。

"你、你已经三阶了？"她声音颤抖地问我。

"是啊，不然呢？"

我的先天内灵力至少是一百一十五，而内灵力达到两百就是三阶了。我已经修炼半个月了，还不应该到三阶吗？我不知道自己内灵力的具体数值，但应该在来这里没多久就到三阶了。毕竟，这暗元素魔法殿的暗元素还是很浓郁的，冥想效果很好。

“可是，你、你为什么没有吟唱咒语就能释放魔法？”她呆呆地看着我。毫无疑问，刚才发生的一切颠覆了她对魔法的认知。

“你原来凝聚一个火球需要多久？二阶的小火球那种。”我问她。

赫本道：“通过咒语，最快七秒。”对于先天内灵力二十五的她来说，七秒真的是千锤百炼之后才有的效果啊！同样的先天内灵力，十秒能做到就算不错了。

“拥有火天使之体后呢？”

“三、三秒。”赫本喃喃地道。

“你的先天内灵力给你多算点，八十吧，给我少算点，大概一百二，你都只要三秒就能做到了，我瞬发很奇怪吗？都瞬发了，还需要念咒语吗？不是我懒，是不需要。”我向她笑着，内心舒爽。

是的，这就是天才的世界。

其实，她不知道的是，一阶魔法瞬发容易，二阶、三阶魔法瞬发可没那么容易。不过，需要吟唱咒语的是普通人类，我可不一样，我是伟大的奥斯汀格里芬啊！

咒语的作用我现在已经明白了，是引起元素的共鸣，通过共鸣达到特殊的频率，凝聚元素并驱使它们。而我让元素共鸣，只需要一个念头。

一个月的时间很快就到了，反正冥想总是让我觉得时间过得很快。

“明天你就要去祝荣那里了，别忘了你答应我的。”西迪沉声向我说道。

"知道啦。"我有些不耐烦地回答。这话他每天都念叨一遍，听得我耳朵都要长茧子了。

"好了。现在测试一下你的内灵力，然后施展一个你认为掌握得最好的魔法，让我看看你这一个月的成绩。"西迪递过来一个水晶球。

"不会碎了吧？"我问他。

"这是测试两千以下内灵力用的，有本事你就弄碎它，弄碎了我叫你老师。"

"啪！"水晶球碎了。

"叫吧！"我得意扬扬地道。

"谁让你摔碎了？知不知道这很贵的！"西迪不讲信用，追上来打我，明明是他没说清楚。

"砰！"暗紫色的魔法盾撑开，保护着我。西迪毕竟不是用魔法打我，一巴掌拍上去，暗元素侵蚀瞬间找上了他，然后……就被吸收了。

八阶了不起啊？！

"瞬发三阶魔法盾？"老头儿不怒了，眼睛又冒绿光了。

"别打了啊！是你没说清楚，能怪我吗？"我散去了魔法盾。

"你能瞬发三阶魔法盾？"西迪一脸激动地看着我。

在不远处看着这一幕的赫本应该有点欣慰吧，感到震惊的不止她一个。

"很难吗？"我看着他。

"不……难！"

后来我才知道，西迪能够做到瞬发三阶魔法盾的时候，已经是六阶大魔导士了。

“你还会什么？”他也不急着给我测内灵力了，事实上，水晶球他只带了一个。

“你教的我都会了。”我耸耸肩膀。

西迪没让我展示，在这方面他经验足，我都能瞬发三阶魔法盾了，其他还有什么不会的?

“四阶的魔法你行不行？”对于我已经是三阶魔法师这一点，他丝毫不怀疑。

“你教过吗？”我无奈。

“现在就教你。来，我教你一个凋零术。原理是这样的……咒语是这样的……你感受一下。”

我仔细听了听。

“明白了吗？”

“明白了。”我点点头。原理明白了自然就明白了，西迪讲得还是很清楚的。

我伸出右手，掌心之中一个暗紫色的气泡缓缓出现，为了不让西迪的心脏受到太大的刺激，我嘴里吟唱着其实并没有什么必要的咒语。

“你、你、你是怎么做到的？”西迪激动得不行。

“每天刻苦努力、废寝忘食。既然答应了你以黑暗系魔法为主，我怎么能不努力呢？你是不是怀疑我的人品？”我认真地说道。

“你在这儿等着我。”说着，西迪的身体变得虚幻了，然后化为一团黑烟消失。

“哎哟，你轻点。”赫本怎么又捏我的脸！

“你还真是刻苦努力、废寝忘食呢。”赫本咬牙切齿地说道。

身边有个熟悉自己的人，也不太好啊！

“我的努力都在心中，你没看到并不代表没有。我每天都在心中重复模拟施展魔法几千次。”我抗议道。

“我怎么不知道还有这种修炼方法？”赫本疑惑地道。

“你不知道不代表没有。”反正一切用天才解释就行了。

西迪一会儿就回来了，又带来一个水晶球。

“测试内灵力。”他把水晶球递给我。

我拿在手里掂了掂。

“再弄碎了你自己赔钱。”

真是无情！我开始向水晶球内注入内灵力，水晶球亮了起来。

“四百七十五！”西迪的声音拔高了几分。

内灵力五百是第四阶大魔法师的准入门槛，等到第五阶就需要两千内灵力了。

四百七十五啊！还没到五百。我还以为自己的内灵力已经到了五百呢，事实上没想象的好。

赫本看着我，她估计很想告诉西迪，我每天大多数时间就是睡觉，醒了就找她要吃的，让她做饭给我吃。我睡觉也是冥想的一部分，她知道什么？

而事实胜于雄辩。我初入魔法世界一个月多一点，就快成为大魔法师了。就算魔法师前面晋级速度是会快一些，但这速度，他们不服也不行呀！

在听了西迪的一番谆谆教诲之后，我去了祝荣那边学习。魔法的原理其实都差不多，只是属性不同，运用的方式略有区别而已。我还是将更多的精力集中在冥想上，提升他们所说的内灵力，从而激发自身进化。这样，我才能破开创世的封印，才能真正强大起来。

很快又过了半个月，我发现有点麻烦了。因为我能感觉到，我的内灵力已经停滞了好几天，与之前明显的提升有显著的差别。

难道这是瓶颈？内灵力达到五百，所以遇到了他们所说的瓶颈？伟大的奥斯汀格里芬竟然也有瓶颈?

不行，我要想办法突破瓶颈。

第11章

闭关

“赫本，我觉得自己遇到了从三阶到四阶的瓶颈，准备闭关突破一下。你帮我守着门，谁来了都不让进。”我对赫本说道。

赫本似乎已经对我作为天才的表现有点麻木了。她在来到祝荣这边之后，除了跟我一起学习火系魔法外，也测试了一下内灵力。她的内灵力已经两百四十多了。相比之前，她的提升速度肯定是快多了。但有我在，她好像也没觉得特别开心。

“你不积累一段时间，再尝试突破吗？不要操之过急啊！”赫本说道。

“天才的世界你不懂。”我骄傲地说。

赫本却认真地看着我，还抓住我瘦弱的肩膀，对我说：“天分固然很重要，但在修炼的道路上一定要戒骄戒躁，不能因为天赋好就不努力，或者盲目自大。答应我，好吗？”

“你还真是啰唆啊！”我有些无奈地说道。

赫本道：“答应我，就给你奖励。”

“奖励？”我顿时有点兴奋了，“什么奖励？”

“你先答应我。”

“好吧，我答应了。”我痛快地答应下来。我很好奇她会给我什么奖励，她还没送过我东西呢。

然后，她就捧住了我的脸，还没等我产生不祥的预感，“吧唧吧唧吧唧吧唧”……

我慌了！这就是奖励啊？！

闭关，闭关！

我关好房门，用黑暗魔法施展了一个隔音术，然后盘膝坐在床上。

我并不知道该如何突破魔法师的瓶颈，但和这些能力相比，对我来说，更重要的还是冲开创世的封印。属于我意识本源的力量只要被释放出来一些，自然就能帮助我完成突破。

内灵力的提升，对我的精神力也有不小的帮助。这些天，我一直在消化着魔法觉醒时封印泄漏出来的那一丝本源，现在已经消化得差不多了。

我开始尝试通过意识来冲击那坚实的屏障，但屏障异常坚硬，每一次冲击都毫无效果，甚至连之前泄漏出的那一丝意识本源我都找不到了。

我该怎么办？怎样才能实现突破呢？

突然，我想到了一个可能。

自从魔法觉醒回家那晚之后，我就再没有变成过奇美拉的样子，毕竟我不能暴露自己的那个样子，而且那个样子实在是太丑了。

但是，那似乎才是我的本来模样。我在寻求突破的时候，是不是应该变成那样？

想到这里，我在房间内叠加了一个隔音术，并脱掉身上的衣服。

“变身！”

紫色的鳞片浮现，比上次速度快得多，而且我立刻感觉到体内的力量以及内灵力都发生了一些变化，感知变得更加敏锐了，身体力量也变得更强，尽管现在的我只是一条蜥蜴——不对，是双头奇美拉！

变成双头奇美拉的我对外界的感知力、对自身的感受力都有了极大的提升。我并没有特别做什么，但我能感觉到，空气中的元素开始朝我的身体凝聚，不止黑暗与火这两种属性的元素，其他各种属性的元素也在向我体内汇集。

内灵力的提升我暂时没有感觉到，我感觉到的反而是身体的变化。伴随着那些能量涌入我的身体，我的身体似乎开始膨胀了。这不是内灵力吧？可是，这也让我有了强烈的力量变强的感觉。

我身上的紫色鳞片因为身体膨胀而竖立起来，上面有光晕流转。在这个过程中，我能感觉到我的这些鳞片似乎在变大，随之变大的还有我的身体——原本只有一米五长的身体似乎舒展开来，变得越来越大。

封印又开始有些松动的感觉了，这是大量能量涌入我的身体，伴随着我血脉的进化而来的冲击。

我懂了，我的做法是对的，正是要这样，通过身体本身的进化去冲击创世的封印。创造的过程本来就是进化的过程，无疑，我的人类的身体在进行变化的时候符合这个过程，产生了这样的提升。

虽然身体又疼又痒的，很难受，但我的心情是亢奋的。照这样下去，用不了多久，我一定能够完全解开封印。

越来越庞大的元素朝我的房间凝聚而来。这里是魔法塔，有着极其充沛的各种元素，此时此刻，我自己都能感觉到，房间内的元素波动极为强烈，而我的身体就像无底洞一般吞噬着这些元素。

外面有动静传来，我听到了声音。

“您不能进去，奥斯汀在闭关。”赫本有些急切的声音响起。

然后是祝荣的声音：“他在做什么？怎么会引起这么强烈的元素波动？”

赫本道：“奥斯汀在闭关，他好像是达到了五百内灵力，要朝大魔法师等阶突破了。”

“什么？五百了？”祝荣的声音明显拔高了几分。毕竟，我才来这边没几天，而他也没有测试我的内灵力情况，只是教了我一些火属性魔法而已。西迪送我来的时候也只是告诉祝荣，我通过了他的测试。

“是的，就在我们过来之前，西迪圣魔导师为他测过，他的内灵力已经达到了四百七十五。过来几天后，他说他遇到了瓶颈，要闭关突破。”

祝荣似乎有些急了：“胡闹！遇到瓶颈之后，怎么能直接突破呢？为什么不告诉我？魔法师突破有诸多技巧，怎么能胡来？而且，现在他房间之中汇聚的元素已经超过了大魔法师突破时对元素的需求量。快让开，让我进去看看！”

赫本却道：“不行啊，老师，我不能让您进去。在闭关之前，奥斯汀叮嘱过我，他闭关需要安静，不能被任何人打扰。我是他的侍从，我不能让您进去。请您相信他吧，他真的和一般的魔法师不一样。您想想，他从觉醒到现在才多久，就要突破到四阶了。虽然这次突破得急了一点，但我相信他一定能够成功。他是双属性魔法师，突破时需要的元素能量多一些应该也是正常的吧。”

在房间中听着他们的交谈，其实我的心都已经提到了嗓子眼。祝荣可千万不能进来啊！如果他看到我现在这个样子，恐怕会用一个火球就把我灭了吧。赫本，好样的！我承认，在这一刻，我忘了她曾经对我的欺骗。

我看不到的是，房门外的赫本就像一只母鸡似的张着手臂，一脸倔强地面对着一位八阶圣魔导师的威压。

“那就等等吧。”祝荣竟然妥协了。

不行，必须快，我必须尽快突破才行。否则万一他等不及进来，那一切就都完了。

急迫的心情令我体内血液流淌的速度越发迅疾，我的身体对空气中元素的吞噬也变得越来越快，身体的膨胀似乎已经接近极限。我只觉得脖子有点痒，那些身体渐渐承受不住的能量竟开始朝着我的脖子蜂拥而入，我的脖子膨胀了起来，一侧的头旁边似乎拱出来了什么。我此时就在卫生间之中，勉强扭头看去，顿时发现脖子上多了一个突起，而且那突起正在渐渐变大。

这是……

第12章

三头奇美拉

被封印的本源在这一刻轻微震颤了一下，一丝本源之力瞬间涌出，与我体内的血脉、意识交融。

刹那间，我只觉得全身用力地收缩了一下，似乎将什么东西挤出来了。紧接着，脖子上的突起发出“啵”的一声轻响，居然破开了，一个头从里面钻了出来。这个头和另外两个头一模一样，只不过，这个头的眼睛是青色的。

在我的感知之中，顿时又有一种元素与我融合，成为我所掌控的力量的一部分。

那是风，自由的风。

从这一刻开始，我不再是双头奇美拉，而是三头奇美拉！

先前膨胀的感觉伴随着这第三个头的出现瞬间瓦解，全身的鳞片重新贴合在身体上。第三个头用力挣扎着伸长，渐渐变得与另外两个头一样大。我的意识在这一瞬似乎也分成了三份，我感觉到，自己又多了对一种元素的掌控力。

原来，这才是我的进化。我的本体不是什么双头奇美拉，现在的我是三头奇美拉了啊！这么看来，头会不会变得更多？

内灵力的瓶颈在这一瞬骤然破开，我只觉得体内的灵力奔腾汹涌，大量地吸收着外界的元素。顿时，房间内的元素波动变得更加剧烈了。

“快让开！元素波动太强了，我担心他走火入魔。你是不是想让他死？”

“老师，不要啊！”

“砰！”门被打开了。

身穿红色长袍的祝荣急匆匆地冲进了我的房间，他当然看不见我，因为我这时候不在房间中，变身的时候我就已经在卫生间了。

祝荣一眼没有看到我，但他能够感觉到房间中元素流动的方向。

我能听到他的脚步声，他三两步就冲到了卫生间。

“咦！”祝荣那张带着急切之色的胖脸出现在我的视野中。

“看什么看！”我忍不住怒道，“快出去，我刚完成突破！”

空气中的元素波动明显有些紊乱，而此时祝荣眼中的我，正赤着身体盘膝坐在地上，身体周围火元素波动剧烈。

是的，拥有三个头之后，我变身的速度比之前快多了。两次呼吸的工夫，我就变回了人体。从人变成奇美拉的速度似乎要比从奇美拉变成人慢一些，但幸好，现在从奇美拉变成人的速度快了不少。祝荣刚进门的那一刻，我还是三个头，正在变身，而他冲过来的时候，我就已经变成了人。

但此时的我并不好受，我的突破刚刚完成，还没有稳固就强行变回了人形，身体受到了不小的冲击，嗓子里有点咸腥的味道，似乎有液体正在顺着我的嘴角流淌出来。

祝荣三两步冲到我身前，默默地感受着我身上的元素波动。他脸上的表情有些复杂，但更多的是后悔。

我不搭理他，只是闭着眼睛，努力地通过意识调整体内的血脉波动和元素波动，让刚刚出现的紊乱波动尽可能平稳下来。

又融合了一丝本源之后，我的意识——也就是他们说的精神力——明显增强了不少，依旧在吸收着空气中的元素稳固自身。

祝荣没吭声，悄悄地退了出去。

“放开我，老师，您快放开我。奥斯汀怎么样？”赫本急切的声音在外面响起，显然，她被祝荣控制了。

“他没事，应该是完成突破了。”祝荣压低声音说道，然后我就听到了关门声。

“是我莽撞了，他应该突破成功了。赫本，老师向你道歉，你看，这根魔法杖你先拿去用。等奥斯汀结束闭关之后，你再通知我，你们一起来见我。先别打扰他，他刚完成突破，要通过冥想稳固状态。”

直到此刻，我的心才算是放了下来，总算没被他发现什么。

体内的疼痛渐渐消失了，我的身体恢复能力似乎很强，之前的冲击这么快就平复了下来，我也很惊讶，但这总归是好事。

突破了瓶颈，我的内灵力提升速度变得飞快，而且多了一种属性，我能感觉到自己更强了。就算变回了人形，我也能感觉到，自己身体里充满了爆炸性的力量。以前三阶的时候感受还不明显，现在我已经可以确认，除了内灵力之外，我的身体强度也很高。这就不知道是什么力量了。肉身的力量？

但处于奇美拉状态时和处于人类状态时，这种力量是有区别的，比内灵力的区别更大。处于奇美拉状态的时候，这种身体的力量明显强大得多。

通过这次突破，我对自己的身体越发了解了。

祝荣的人品还是不错的。等我结束闭关之后，他和我进行了一次亲切的谈话。他向我认错，还送给我一件火系魔法袍和一根魔法杖。鉴于他确实是因为关心我才闯进我的房间的，我原谅了他，并且允许他为伟大的奥斯汀格里芬测试了一下内灵力。

测试结果让祝荣产生了怀疑。我的内灵力达到了八百零一，直接提升了三百多。虽然突破第五阶需要内灵力达到两千，但我这样的提升速度，我敢说他肯定没见过。

他下意识地问了我一句是怎么做到的，我告诉他，这叫厚积薄发。

积了好几天，然后爆发！

我可不是他们说的什么天才，我是神！这就是神的成长速度！

不过，很快我就发现，自己似乎要乐极生悲了。到了第四阶之后，我修炼的速度变慢了，灵力凝聚的速度明显变慢了许多。刚开始的时候我很不解，后来我才明白，毕竟，我这是人类的身体。在本源绝大部分被封印的情况下，人类的身体还是影响着我的提升。

祝荣和西迪告诉我，等阶越高，自身灵力的纯度和强度也会越高，提升自然就慢。还有就是身体承受能力的问题，身体需要经过灵力改善，伴随灵力一同成长。

什么？伟大的奥斯汀格里芬本体可是强大的奇美拉，身体会限制我吗？

我问过他们之后才知道，身体的力量又被称为外灵力，那是战士经常修炼的东西。魔法师更注重内灵力，战士则是内外兼修。

接下来的日子就变得无聊了。在赫本眼中，我每天睡觉超过十二个小时，可实际上，我是在冥想。她非要将物我两忘的冥想说成睡觉，我也没什么办法。

真的是太无聊了，我只能缠着她，让她给我做各种好吃的。

“奥斯汀，你最近胖了，你看，你的脸圆了。”赫本捏着我的脸扯了扯。

一块红烧肉从我嘴里掉了出来，我怒视着她。这个可恶的女人！我哪里胖了？分明是她找借口捏我的脸。

“你能不能放过我的脸？有没有点魔法侍从的觉悟？我已经十岁了，你知不知道？”

四年了，我来到魔法塔已经整整四年了。每年有一个月回家探亲的假期，但我一点都不想回去。唉，谁愿意每天都带着口水味呢？

第13章

参加大典

在魔法塔的日子并不寂寞。毕竟，这和我曾经在宇宙中飘荡了不知道多少年相比，又算得了什么？

我问过赫本，她寂寞不寂寞。她说她很寂寞、很难受、很孤单、很无助，需要安慰。

安慰就安慰吧，但为什么安慰的方法是捏我的脸？她就是个满口谎言的女人！但她说，每次捏完我的脸，她的心情就会特别好，心中就充满了动力。

四年过去，我十岁了，她二十二岁。

看着我嘴里掉出来的红烧肉，她笑得前仰后合，我赶快扭过头去不看她。一看她笑我就会发呆，我一发呆她就会顺势捏我的脸。

“你突破了没有？”我重新夹起一块红烧肉放到嘴里吃着。她做的炖肉，每一块都不大，非常入味，肥而不腻，瘦而不柴。

“还没有。”赫本有点颓然。

四年过去，凭借着伟大的奥斯汀格里芬同她共享的天赋，她现在的内灵力已经有五千了，是的，她达到了五阶巅峰。二十二岁的五阶巅峰魔法师在魔法师的世界中不算稀奇，很多天才都能达到。但她相当于是从十八岁才开始快速修炼的，四年间从二阶到五阶巅峰，已经很快了。据说，六阶魔法师在人类世界之中就是很强的存在了。反正祝荣对她的进步很满意。

“那你抓紧点时间，毕竟，还有一年，你的侍从契约就到期了。”我嘿嘿笑着。

赫本眨了眨眼睛，然后我的耳朵就疼了起来，这个无情的女人拽着我的耳朵让我看着她。

“到期了就不续约了？”她认真地看着我，特别认真。她的眼睛真大，她这么近地看着我，我连耳朵疼都忘了，而且有点慌。

“你老欺负我。有这么欺负自己主魔法师的侍从吗？”我抗议道。

“那我以后不欺负你了好不好？至少在续约那天，我不欺负你。”她特别温柔地对我说。她那上翘的长长的睫毛轻轻地颤抖着，大眼睛里好像还弥漫着一层水雾。

“以后不欺负我了？你说话算数吗？”我下意识地问。

“嗯，刚才说的这句算数的。”她认真地对我说。

“那好吧。我勉为其难。”我低下头。她那眼睛一定有特殊的魔力，不能多看，多看会吃亏。

“那我们就说好了哦。”

正在这时，洪亮的声音突然响起：“奥斯汀、赫本，到我这里来一下。”是祝荣的声音，最近这段时间，我们是在他这里修炼的。

“走吧，老师叫我们呢。”赫本赶忙站起身，我也立刻跟着站了起来，没办法，她还揪着我的耳朵呢。这就是一个侍从的觉悟？

“哎呀，不好意思，我忘了。”她松开手，我满心愤懑。

虽然还只有十岁，但伟大的奥斯汀格里芬长得多快，我已经和她差不多高了。但这也有个问题，她捏我的脸更容易了，连弯腰都不需要。我要快快长高，让她够不到才行。待会儿回来再吃一顿！就这么愉快地决定了，才不是她做的饭太好吃的缘故。

祝荣的魔法殿。

这里永远都是有点热的。

祝荣笑呵呵地看着一起走进去的我与赫本。

“奥斯汀，想不想出去玩呀？”祝荣看着我的时候总是笑眯眯的。自从那次发现我的内灵力突破四阶直接达到八百之后，他就这样了。

“不想。”我毫不犹豫地拒绝了。出去有什么好？在这里我进化的速度还是可以的，还有赫本做饭吃。除了这个满口谎言的女人总是欺负我之外，其他的我还是都满意的。我在这里慢慢进化，直到完全解开封印，不是挺好的吗？

“总在一个环境里，会影响你未来的提升。我和西迪商量了一下，决定让你去参加即将举行的王国大典，同时为你讨要一个宫廷魔法师的身份。这对你很有帮助，以后你就会有获得宫廷魔法装备的资格。”

“没兴趣，不去。”什么装备不装备的，都没什么用。

祝荣叹了一口气：“赫本啊，老师本来是想让你和他一起去帝国王城走一趟的，排解一下你的无聊，那里可热闹了。可惜，老师的苦心你的主魔法师体会不到啊！那就没办法了。”

疼、疼、疼！我扭头怒视着掐着我腰间软肉的赫本。

赫本那是什么表情？乖巧、可怜、无助？

“老师，我只是侍从，我都听他的。”赫本温柔地向祝荣笑着。

疼，更疼了。我快要叫出来了啊！

“去，我去！”我咬牙切齿地说道。赫本那左三圈、右三圈的拧人手段是个暗号，她是在告诉我，不答应回去就没饭吃，没好日子过。

我才十岁，就要承受这一切。在这一刻，伟大的奥斯汀格里芬也没有什么办法。

斯曼帝国地处创世大陆西南方，首都加满都城则较为靠近内陆，是斯曼帝国最为繁华的城市。

斯曼帝国以魔法师强大著称，所以又被称为魔法之国，最大的一座魔法塔就在加满都城。这也是斯曼帝国敢于将首都放在与其他几大帝国接壤的地方的原因。

斯曼帝国一共有九大法神，其中六位在加满都城的魔法塔之中。那绝对是最强大的威慑力量。据说每一位法神都有毁天灭地般的实力。

坐在马车上，我百无聊赖地抽了抽鼻子，鼻端满是女孩子身上淡淡的幽香。没办法，有个不自觉的魔法侍从在我身边睡得香甜。她说，只要一坐车她就想睡觉，车颠啊颠的，跟摇篮似的。

我也是第一次远行，第一次走出来看看这个世界。

一路上，树木林立。我们这支车队前面有士兵开路，后面有士兵守护，一共十几辆马车，车上坐的都是我们地戎魔法塔的魔法师。我乘坐的马车位于车队中央，车上只有我和赫本。

外面传来喧闹的声音，我掀开窗帘向外看，高大的城墙着实有些巍峨的感觉，看起来足有百米高，阴影让城门前的温度都变得低了一些。

衣着朴素的民众正站在街道两边朝着我们的车队指指点点的，显然对我们的这些绘着金色六芒星图案的黑色马车很感兴趣。

车队没有遭到阻拦，很快通过城门，进入了城市。这就是加满都城——斯曼帝国的首都。

外面真热闹。我们的车队所过之处，民众自行让出道路，都用好奇的目光看着我们。

我的目光却看向了远方。冥冥之中，似乎有一种力量在吸引着我。

那是一座高塔，比地戎魔法塔至少高了一倍的高塔。它至少有三百米高，有种要插入云霄的感觉。塔体散发着各种光彩，五光十色，看上去极为奇异。

我知道，这就是在整个创世大陆都赫赫有名的加满都城魔法塔，也被称为神之塔。毕竟，这里有着六位法神。

我听祝荣和西迪说，地戎魔法塔中最强大的就是那个白袍高老头，他是地戎魔法塔中唯一的一位法神，但也只是刚刚进入法神境界，与加满都城魔法塔这边的法神还有差距。作为我的老师，他们最大的希望就是，有一天我能够入主这神之塔。也就是说，以后这就是我的地盘了？

什么时候入主，只是时间问题。对于伟大的奥斯汀格里芬来说，这算是问题吗？

第 14 章

加满都城

我们车队的目的地，正是这座神之塔。加满都城很大，马车足足行进了一个小时才算到了目的地。

开路的士兵向两侧散开，我们的马车来到巍峨的高塔之前。

高塔周围五百米内没有任何建筑，显得有些空旷，却有数量庞大的士兵守护。普通人是绝不允许靠近这里的。

离得近了，我能够感受到这座高塔上所有奇异的光彩竟然全是浓郁到实体化的元素。塔建造得那么高，应该就是为了更好地吸收天地元气之中的元素吧。

“下车了。”祝荣的声音传来。是的，我来了，胖、瘦两个老头当然也来了。

十几辆马车上的魔法师加起来有三十几位，以西迪和祝荣为首。白袍高老头应该要坐镇地戎，所以没来。

神之塔前，有几位魔法师在迎接我们。西迪和祝荣与他们寒暄着，我跟赫本混在队伍中。

突然，我的手被握住了。

“别紧张，没事的。”我的耳边传来赫本的声音。

我瞥了她一眼，紧张？咱俩到底是谁在紧张？你看你的手凉的，手心都是汗。

“不慌。”我低声说道。

魔法师就这点好，魔法袍都是带帽兜的，头低一点连脸都看不到。

我身上穿的是黑色魔法袍，赫本穿的是红色的。这是西迪和祝荣争论了半天的结果。

反正这么多魔法师呢，我们在其中也不会引人注意。

接下来就是无聊的过程：迎接我们进入魔法塔，举行欢迎宴会，吃了顿已经凉了的饭菜，比赫本做的差得远了。

西迪、祝荣坐在上首位，跟加满都城魔法塔的几个魔法师在高谈阔论。我看了一眼，别的不知道，反正我能肯定的是，这欢迎宴会没有法神参加。可见加满都城魔法塔的人对我们也就那样，没多重视。

饭后，他们为我们安排了住处。作为我的侍从，赫本当然是跟我住的，还是里外套间。

这时候，外面的天色刚刚暗下来，傍晚了。

“我们出去玩玩好不好？老师说，晚上可以自由活动。后天大典才开始呢。”赫本在说出去玩的时候，眼睛都在发光。

所谓大典，就是由法神主持的祈福仪式，祈祷斯曼帝国永远被元素的光辉照耀之类的。之后就是年青一代魔法师的交流赛。我知道，祝荣和西迪已经给我报名了。赫本也报名了，不过她是主动要求的。她想要寻求突破到六阶的契机。

具体是怎么回事儿我都懒得问，随便吧。我只想赶快结束这些早点回地戎去，继续我的冥想。

不过，来到加满都城魔法塔之后，别的不说，这里的元素浓度确实不错，比地戎魔法塔高了不止一点，这还是在我没有去这里的魔法殿的情况下。这里的魔法殿，里面的元素浓度一定会比地戎更高吧。

魔法塔的结构其实挺特殊的，每一种属性的元素在魔法塔内都会有一座魔法殿，还有一位该属性的执掌者。地戎魔法塔的暗元素魔法殿执掌者就是西迪，火元素魔法殿执掌者是祝荣。这边应该也类似，不过有些魔法殿的执掌者应该是法神吧。法神算什么？对我来说只是时间问题而已。

“不去。”我摆摆手，懒懒地躺在床上。出去有什么好的？我现在就想早点回地戎继续冲击我的封印。对我来说，没有什么比破开封印更重要的了。

“去呗，我一个人害怕。”赫本拉了拉我的袖子。

“不去。”我懒懒地躺着不动。

“去不去？”侍从变脸比翻书还快。

看着那接近了我面部的双手，伟大的奥斯汀格里芬妥协了。

加满都城的夜晚很热闹，街上都是人。或许是庆典临近的原因，街道两侧的店铺人满为患，以至于我想找个吃饭的地方都很难。

“赫本，我饿了。”走了没多久，我就站着不动了。

赫本正兴致勃勃地看看这儿、看看那儿，白了我一眼，道：“你乖一点行不行？”

“我还是个孩子，我还在长身体。”我看着她，伟大的奥斯汀格里芬流露出委屈的眼神。

赫本愣了愣，这才意识到面前这个已经和自己差不多高的男孩儿只有十岁。

“那……找地方吃饭吧。”

人多就只能排队，我讨厌排队，尽管我们找了一家排队人数最少的餐厅。

赫本却显得神采奕奕，排队的时候也在好奇地看着四周。因为是出来玩儿，我们都没有穿魔法袍，这是她要求的。不过，或许是我太英俊了，周围不时会有目光投向我们这边。

“美女，排队呢？”正在这时，一个温和的声音响起。

我扭头看去，只见两名衣着光鲜的青年停在了我们身边，说话的正是其中一人。

赫本愣了一下，然后点点头。

青年微笑道：“如果不嫌弃，不如跟我们一起吃？我预订了包间，可以不用排队。”

我听到他的话，有些惊讶地道：“不是都要排队吗？你们为什么不用？这不公平吧。”

青年除了脸色有些苍白之外，长相还算周正。听了我的话，他笑了笑，道：“小兄弟，公平是相对而言的，那是强者制定的规则。”

我看向赫本：“那我们应该也不用排队吧，我也是强者啊！”

赫本一把拉住就要往里面走的我，脸色严肃地看向那个青年，道：“请你不要教坏小孩子，我们自己排队就好。”

青年愣了愣，忍不住笑道：“你严肃起来更好看了。相请不如偶遇，我不教坏他，我们一起吃饭？”

赫本摇摇头："不了。"

青年皱了皱眉，没有再说什么，和身边的同伴进去了。

他们走了，赫本这才转头看向我，认真地道："不要听他的。"

"知道啦。"我无奈地道。什么时候你能有点侍从的自觉？

又等了半个小时，在我饿得前胸快要贴上后背的时候，我们终于吃上饭了。

饭菜也就那样，不怎么好吃。不过，吃完饭之后，我和赫本发现了一个问题。

"奥斯汀，你身上有钱吗？"

"钱是什么东西？"

是的，我俩都没带钱。

我们长期住在魔法塔，根本用不到这东西啊！魔法师什么时候在乎过钱了？

赫本窘迫地想了半天，才想到一个办法：我在这儿等着，她回去找老师要点钱再来结账。

赫本走了，我自己百无聊赖地等着，服务员已经看了我好几次。

正在这时，从楼上走下来两个人，正是之前那两个叫我们一起吃饭的青年。

"咦，就你自己了？你姐姐呢？"

什么姐姐，那是我的侍从！当然，伟大的奥斯汀格里芬是不会跟他们解释的。

我懒得理他们，就当没听见他的话。

"跟你说话呢！"另一名青年不客气地说道。

“拿钱去了。”伟大的奥斯汀格里芬可不屑于说谎。

“吃饭没带钱？你那姐姐不会是跑路了吧？吃了霸王餐就把你扔在这儿了。这套路挺深啊！早知道这样，还不如跟我们一起。卿本佳人，奈何为贼？”第一个青年忍不住叹息。

“你说谁是贼呢！”我生气了，赫本是我的侍从，就算她是个骗子，也只能我说！

“还替她说话呢，人家都跑了。”青年笑道。看着我生气的样子，他似乎很开心。

“她不是跑了，是去拿钱了！”我大声说道。

这时，很多异样的目光看了过来，服务生也走了过来。

第15章

抗拒火环

“先生，你什么时候可以结账？”服务生看我的眼神变得不友善。

“我……姐姐回去拿钱了，等一会儿就结账。”我有点窘迫。

“请你跟我到后面来一下吧。”服务生淡淡地说道。

“不行，我要在这儿等她，不然她回来会着急。”我不能走。

“还是跟我来一下。”说着，服务生拉住我的手臂，要拉我走。

伟大的奥斯汀格里芬是他能够拉动的吗？

“快跟我走，别影响其他客人，别让我动手啊！”服务生拉了几下没拉动，顿时变了脸。另外几名服务生也围了上来。

被他们围住，我心中莫名有种被压迫的感觉。伟大的奥斯汀格里芬是你们可以碰触的？

就在他们抓向我的时候，我挥了下手，用了一个低阶的抗拒火环。

在我想来，围着我的三名服务生应该会被震飞。但没想到的是，当我的抗拒火环碰触他们的时候，他们的身体瞬间化为飞灰，就连我身前的桌椅板凳也是一样。

等我意识到不对，想要收回抗拒火环的时候已经来不及了。抗拒火环张开三米，不止是三名服务生，连带着那两名正在旁边看笑话的青年之一都被笼罩在内。

另一名青年眼睁睁地看着自己的同伴在眼前化为灰烬，瞬间惊呆了。而我身边则骤然一空。

这一切发生得很快，原本还嘈杂的餐厅瞬间安静了下来。

“魔法师！”不知道是谁说了这么一句。

那个幸存的青年踉跄着后退了几步，呆呆地看着我。

不知道为什么，在这个时候我心中竟然有点慌。人类竟然如此脆弱吗？在刚刚释放抗拒火环的那一刻，我几乎下意识地认为，他们只是会被震飞或者抵挡住我的魔法，却没想到，他们如此脆弱。是啊！普通人类好像就是如此脆弱。

但我不能走，我要在这里等赫本。

所以我就站在原地，而食客们已经反应过来，在惊呼声中惊慌失措地向外跑。那个幸存的青年也跑了。

整个餐厅迅速空无一人。没过多久，赫本回来了。

她看到我一个人站在餐厅里，疑惑地问：“奥斯汀，你怎么了？”

我看着她，不知道为什么，心中有种很特殊的情绪：“赫本，我好像犯错了。”

正在这时，外面传来了整齐的脚步声。

当一队身穿甲胄的士兵从外面跑进来的时候，我已经将事情的经过告诉了赫本。

赫本没有骂我，而是将我搂在怀里。自从我长得和她差不多高之后，她就很少这么做了。

“都怪我，都怪我，不是你的错。”她的声音带着几分哭腔，她也从来没有遭遇过这样的事情。

“当街杀人，拿下！”身穿甲胄的士兵快速围了上来。

我下意识地从赫本怀中挣脱出来，之前内心的不安在赫本怀中已经被消除了。当我感受到这些士兵要威胁到赫本的安全时，我心中想的唯有守护她。

炽烈的火焰迸发，化为一堵火墙挡在了我们身前，我厉声道：“不想死就别过来。”

“魔法师？是魔法师大人？”为首的将领顿时一愣，所有的士兵也都下意识地后退。

那将领更是在瞬间态度大变：“尊敬的魔法师大人，发生了什么事？我想，这可能是个误会。”

接下来的几分钟，我充分认识到了魔法师在斯曼帝国的地位有多高。在我告诉他们事情的经过之后，为首的将领表示，平民竟然冒犯魔法师，死有余辜。然后，他恭敬地目送我和赫本离开了。

就这么简单吗？那可是死了好几个人啊！

尽管解决了麻烦，但我心中不知道为什么有些不好受。赫本牵着我的手，用她的温暖安慰着我，少有地没有骂我一句。

餐厅内。

“将军，就这么让他们走了吗？毕竟死了这么多人。”

“你们懂什么？没看到那个年轻人刚才是如何释放魔法的吗？火墙术瞬发，那可是四阶魔法。瞬发四阶魔法，你们知道是什么概念吗？那是七阶大魔导师才能做到的。他这个年纪，七阶肯定是不可能的。那么，这就意味着他身上一定有强大的魔法装备。这么小的年纪，就能够拥有强大的魔法装备，背后必然有大人物。大典马上就要开始了，这指不定是哪位大人物的后代呢。赶快善后吧。”

一个小时后。

“什么？君儿死了？怎么会？他怎么会死？混账！到底是谁杀死了君儿？！”

“是个年纪不大的少年。他、他用的是抗拒火环……”

“君儿死了，你怎么没死？君儿、君儿，我就你这么一个儿子啊！混账、混账！是谁杀了君儿？！”

回到魔法塔，看我始终有些闷闷不乐，赫本就坐在我身边陪着我。

“怎么了？还在想那件事？都怪我，怪我没有带钱。”说着，她轻轻地捏捏我的脸。

我有点不适应她这种轻柔的捏法，有点痒。

“我只是没想到那些人那么脆弱，我没想杀他们，只是想把他们推开。但我毕竟失手杀了人，没事吗？魔法师杀人不用负责？”

赫本轻叹一声，道：“魔法师本来就能够被豁免很多罪责。这是我们斯曼帝国的规定。”

“可是，这公平吗？”我问她。

“确实不公平，只是帝国需要倚仗魔法师的力量。”赫本轻轻地搂着我的肩膀，“奥斯汀，答应我，以后你不要欺凌弱小，至少不要再对普通人施展魔法，好吗？尽管我们是既得利益者，但我希望你能守住本心。这件事我去处理，我会找老师帮忙，请他给那些死去的人的家属补偿。”

“嗯。”尽管如此，我心中还是不太好受。

赫本似乎也受到了我情绪的影响，第二天也没再说出去。

祝荣得到了赫本的情况汇报之后，说他会处理，之后就没再说什么。不过，这次的事情让我对这个世界多了一点认知，也多了一丝厌恶。

庆典如期举行，地点就在魔法塔前巨大的广场上。一大早，士兵就将广场围住了，广场地面上也有各种各样的布置，按照不同的颜色划分为不同的区域。

广场中央是一个巨大的六芒星阵，六芒星阵上方悬浮着一个高台。

六芒星周围，有着代表水、火、土、风、光明、黑暗、空间七大属性的元素。我来到广场的时候，这里早就站满了魔法师。魔法师还真不少，一个个穿着宽大的魔法袍，看不清相貌。

第16章

六大法神

关于我是站在黑暗魔法师行列之中，还是站在火系魔法师之中，西迪和祝荣难免又是一番争论。最后还是我说服了西迪，这次我就站在火系魔法师那边，毕竟我的心在黑暗魔法师这边，我可是主修黑暗魔法的。到现在为止，西迪都认为我是主修黑暗魔法的，我在黑暗魔法上的表现从来没有让他失望过。

我当然不是为了祝荣。作为一名有侍从的魔法师，怎么能忍受侍从不在自己身边呢？她又不会黑暗魔法，伟大的奥斯汀格里芬就只能勉为其难地站到她这边了。

“这边的饭菜真难吃，什么时候能回去啊？”我碰了碰身边的赫本，百无聊赖地说道。

“要过几天吧，还不知道比赛要多久。”赫本轻声说道。

“肃静！”站在前面的一名魔法师沉声喝道。

那是加满都城魔法塔的一名魔法师，他看向我和赫本的眼神分明带着几分不屑。

我本来心情就不太好，闻言正要发作，却被赫本拉住了，她低声对我说：“别再给老师找麻烦了。”

我这才忍了下来，但我还是隐约听到那个家伙在说什么乡巴佬之类的话。

我真的不应该答应那两个老头来这里，在地戎多好。这几年来，我身上的封印逐步解开，几乎每天都有进步，继续下去，用不了多少年，我就有可能恢复到巅峰状态。这个世界对我的滋养还是相当不错的，尤其是以人类的身体进化真的非常美妙，人类明明天生孱弱，却能拥有极其惊人的进化速度。

但来了首都之后，我的心情就一直不太好。只想破开封印的我，已经生气好几次了。这个体验很不好！伟大的奥斯汀格里芬很生气，后果很严重。

正在这时，剧烈的元素波动骤然爆发，我下意识地朝元素爆发的方向看去，只见一道刺目的七彩光芒从加满都城魔法塔的尖顶处冲天而起。顿时，一圈圈七彩光晕荡漾开来，在空中化为大片的七彩涟漪，向外扩张。

受此影响，在场的几乎所有魔法师身上都冒出了淡淡的光晕，散发着属于自己属性的光彩。

元素潮汐！那分明是元素潮汐，而且还是所有基础属性汇聚在一起的元素潮汐。

我瞬间反应过来，将自己身体原本要释放出的光芒掩盖，只让红色光芒流转而出。

好险！这元素潮汐差点刺激得我把自己的所有属性能量都释放出来。现在的我，可不是几年前那只有三种属性的我了。我要是把所有属性能量都释放出来，一定会吓到他们吧？嘿嘿嘿。连赫本也不知道我现在究竟有几种属性。

这时，天空再次出现了变化，魔法塔释放出的七彩光芒骤然分开，每一种光芒扩散向一个方向，分别对应下方的魔法师阵形。六道身影随之出现在半空。除了暗元素那个方向之外，其他六种元素分别对应一道身影。

在那浓郁的元素光芒之中，这六道身影都无法看清楚，但随着他们的出现，空中浓郁的元素潮汐分别向他们凝聚而去。毫无疑问，这正是坐镇斯曼帝国首都的六大法神。

分成六色的天空，浓烈无比的魔法元素令人大为震撼。加满都城中的大量平民在这一刻匍匐在地，朝神之塔的方向拜了下去。对他们来说，这是最好的朝拜、祈福的时机。

我不需要用眼睛看，只用意识就能感应到这些，但我心中对他们的行为很不屑。这有什么用？难道拜拜就能让对魔法元素的感知力觉醒？

正在这时，一个冷漠的女声在天空中响起。

“伟大的元素之神，在您的眷顾下，加满都城元素充沛，魔力纵横。这里将永远在您的神光照耀之下，斯曼帝国的每一位子民都是您的信奉者。今日，我在空间元素的带领下，向您祈祷，让变幻莫测的空间永远守护在我们身边。”

灿烂的银色光芒在空中绽放，夺目的光彩冲天而起。那银色光芒在空中化为无数银色光晕，凝聚成龙卷风一般的形态，大量的空间元素从四面八方汇聚而来，注入下方的神之塔。

我有些惊讶地感受着这一幕，那神之塔确实有点意思，竟将注入的外来魔法元素吞噬、吸收了，然后我就能感受到，无论是大地之上还是空气之中，空间元素都变得浓郁了几分。此时的神之塔，仿佛化为整个加满都城的核心，正在为这座城市吸取外界的能量，将能量融入城市之中。虽然我对这个大陆的地理并没有太多的概念，但架不住平时赫本总是跟我讲东讲西的。我可以肯定，这吸收元素的方向，应该是朝着另外两个帝国吧。

这法神的力量还真的挺强的，她这是在凭借自己对元素的感悟，大范围吸收空间元素。

空气中的元素是流动的，不同属性的元素在不同的地方浓度也会有所不同。她这么做，就相当于把原本流动在人家国家的空间元素吸扯过来一些。

正常情况下，这当然是没什么意义的，但有神之塔就不一样了。神之塔将这些外来的元素直接吸收，通过超大型的法阵将元素固化在加满都城之中，让这座城市的这一种属性元素变得非常浓郁。

难怪斯曼帝国会把首都建在与另外两国接壤的地方，一个是为了防御，另一个应该就是为了吸收元素吧？有点意思啊！

“我代表火元素……”

“我代表水元素……”

另外五名法神各自吟唱着，不同的魔法元素开始迅速向神之塔汇聚。我甚至感觉到，出手的不止他们，还有神之塔中的其他强大的魔法师，那些魔法师就算没有达到法神那个层次，修为也都不低，其中我还感受到了祝荣和西迪的气息，他们一定也在其中。这就是在为加满都城吸收各种属性的元素能量，让这里聚集更多的能量，从而让这里更加适合魔法师修炼以及施展魔法。所谓的盛典原来是这样的啊！

至于为什么要间隔几年才举行一次盛典，那是因为距离另外两大帝国较近区域的元素被吸收的量大，需要让其自行恢复吧。

凭借以神之塔为核心的庞大法阵来吸收、转化元素，以众多强大魔法师的能力来牵引元素，不得不说，这个创意有点新意啊！伟大的奥斯汀格里芬总算有点兴趣了。

正在这时，一声嘹亮的龙吟突然响彻天空。别问我为什么知道这是龙吟，我就是知道。因为有一次我变成奇美拉的时候，发出过类似的声音。

原本凝聚着庞大元素能量的天空之中，炽烈的光芒宛如太阳一般亮起，那并不是元素的光芒，其中蕴含着的是浓烈无比的血气波动。

强光在空中渐渐化为四团，在光芒之中，四道巨大的身影飘浮在天空之中。那分明是四条身长超过百米的巨龙，它们张开双翼，迸发着无比强烈的能量波动。

“龙骑士！”

第17章

龙骑士与召唤师

龙骑士是奥斯曼帝国最强大的存在，就像斯曼帝国的法神一样，在本国中拥有极其崇高的地位。据说，奥斯曼帝国一共有七位龙骑士。

此时，那四条巨龙头顶上确实各站着一个人，他们有的布衣素颜，有的身穿甲胄，但无不散发着强大无比的气息。当他们出现的时候，斯曼帝国六大法神对元素的牵引顿时像被一堵墙壁挡住了一般，吸收的效率大幅度下降。

“咝咝！咝咝！咝咝！”奇异的声音在另一侧的天空中响起。整个天空在这一刻仿佛暗了下来，云层中，一个直径数十米的巨大的头钻了出来。那分明是一个硕大无比的蛇头，蛇头顶端站着三道身影，云层内，隐约传出无数咆哮声，似乎有大量的生物隐藏在这片乌云之中。

“这是什么？”我扭头向身边的赫本问道。

赫本有些发呆，显然她也不知道。

“通灵者，是古斯塔帝国的通灵者。竟然来了三位通灵者！”

听到“通灵者”这几个字，我就明白来的是谁了。创世大陆上三大帝国分别是：以魔法师为根本的斯曼帝国，以战士、骑士为根本的奥斯曼帝国，以及以召唤师为核心的古斯塔帝国。

今天斯曼帝国这盛典真是热闹！他们在这边吸收空气中的庞大元素凝入神之塔，另外两个国家的人也不是傻子，这盛典竟引来了奥斯曼帝国的四大龙骑士以及古斯塔帝国的三位通灵者。这可都是和法神同等层次的存在。一下来了七位顶级强者，比斯曼帝国六大法神还多了一位，这要不是来砸场子的，我的名字倒着写！

还真是热闹！

正在这时，我耳边突然传来了西迪的声音：“奥斯汀，你待会儿不要去抽签参赛。来者不善。”

我用意识锁定他的精神波动，忍不住通过精神力传音问道：“以前也是这样吗？”

西迪道：“以前不是。一般来说，我们举行盛典吸收一些元素能量，他们最多在本国边境设置屏障，阻挡我们吸收。这次两国强者同来，恐怕有些麻烦，反正你别参与。”

“我正懒得动呢。活该，谁让斯曼帝国自己挑事。”一听不用我参赛了，我乐得自在，看戏多好啊！

虽然这次两大帝国来了七大强者，但斯曼帝国这边也没什么可担心的，这里毕竟是斯曼帝国的首都加满都城，还有神之塔在，再多来几名强者也不会挡不住。

“在我国举行盛大庆典之际，奥斯曼和古斯塔的诸位前来，不知所为何事？”先前第一个吟唱的女法神声音冰冷地问道。

四大龙骑士那边，为首的一条呈天青色的巨龙头顶上，一名面容刚毅却有着一头白发的男子微笑道：“许久不见，尊敬的空间秩序守护者，唐凌法神，你好。”

空间法神唐凌冷冷地道：“叶浩涵，我对见到你毫无兴趣。你最好骑着你那风系爬虫赶快离开加满都城，否则，别怪我对你不客气。”

“唐凌大姐，不要这么不近人情嘛。我们古斯塔也是前来恭贺的。”另一个清越的男声从巨大的蛇头上传来。那是一名看上去只有二十多岁的男子，却站在三大通灵者正中的位置，沧桑的眼神和他的外表显得很不协调。

“王聪晟，你也不是什么好东西。在我国如此重要的时刻，你们一同前来，可是要搅乱我国庆典？那就别怪我不客气了，在加满都城容不得你们放肆！”

天青龙骑士叶浩涵微微一笑，道：“唐凌法神别误会，我们这次前来，一是为了恭贺贵国盛典，另一个，也是听说贵国盛典之中最重要的一项就是年青一代的选拔、切磋。正好，我们奥斯曼与古斯塔两国也有一些优秀的年轻人，刚修炼得有些成绩，也希望能够前来参加比试。等比赛结束之后，我们自然就会返回，绝无与贵国敌对之意。”

他们在空中聊着，我也已经从西迪那里大概知道是怎么回事儿了。

原来神之塔这法阵并不是什么时候都能引动的，需要积累很长时间才能发动一次，发动法阵的时候，也就是庆典举行的时刻。每次庆典，神之塔发动的时间越长，吸收到的元素越多，对之后一个周期斯曼帝国的发展就越有好处。反之自然就是不好的影响了。

之前另外两大帝国都是用防御的姿态来应对斯曼帝国的庆典，这次主动出击，显然是要联合两国之力压制斯曼帝国一方，让神之塔能够吸收到的元素变少。神之塔发动一次，是有时间限制的，并不能一直维持下去。他们在这里根本不用做别的，只需要继续拖延时间，等到神之塔的法阵效果消失，他们的目的自然也就达到了。

“一国一人，现在参赛，否则就别怪我将你们当成入侵者对待了。”空间法神唐凌没有犹豫，冰冷的声音仿佛能让整个空间冻结。

而另外五位法神从始至终都没有说过话，任由唐凌主持大局，可见她在法神之中的地位有多么崇高。

我原来就听说过，在神之塔中的最强法神有半神之力，是整个斯曼帝国的镇国柱石，想来就是这位了。不过，这位法神的脾气可不怎么好啊！她这么快就一口答应下来，显然是不想浪费时间，想要快刀斩乱麻地解决眼前的麻烦，好继续引动神之塔吸收元素。

“当然可以。”叶浩涵似乎不敢过于激怒这位，立刻就答应下来。

“我们也只派一人就好。”王聪晟笑眯眯地说道，但眼底隐隐有寒光闪烁。

从叶浩涵背后走出一名青年，和他并肩站在天青巨龙头上。这青年看上去足有两米高，身材魁伟，剑眉星目，相貌英俊，全身仿佛有勃勃英气在向外迸发。青年身穿金色甲胄，配上一头金色长发，更显得高贵英挺。

“这位是我国的奥古斯丁王子殿下。他以二十五岁的年纪，已经是一名预备龙骑士。本次就由他代表我国参与切磋。”

二十五岁的预备龙骑士？这意味着，这位至少有一条巨龙作为坐骑。唐凌听完，脸色变得难看了几分。

另一边，在那巨大的蛇头上，王聪晟身边亮起一扇红色光门，从光门之中走出来一个人。

同样是一名青年，身材中等，神情有些阴冷，一双扫帚眉更是让他的面相看上去十分古怪，全身散发着阴森的气息。

王聪晟微笑道："这是我的弟子帝罗天，在我国也算是一名天才召唤师。这次我国就派他参赛。"

第18章

赫本参赛

毫无疑问，无论是奥斯曼帝国还是古斯塔帝国都是有备而来的。当他们选出的两名参赛代表从空中落下，来到神之塔前的广场上时，我能感觉到周围的魔法师们那紧张的心情。

按照正常情况，所有魔法师都能报名参赛。但有这么两个一看就实力极强的两大帝国年青一代的佼佼者，实力弱的魔法师哪还敢参赛？

奥斯曼帝国和古斯塔帝国这次前来不只是为了干扰盛典，恐怕也是来示威的。一旦斯曼帝国这边比赛输了，士气必定大受打击，再加上神之塔吸收元素受到影响，对斯曼帝国的压制甚至比一场战争都要大。这两国还真是处心积虑啊！

空间法神唐凌顾不上魔法师们此时的心情变化，对她来说，没有什么比神之塔吸收元素更重要。当然，比赛也绝不能输。

“开始抽签，自问实力不足的，就不要出来献丑了。”

一个银白色的光球在广场中心缓缓升起。庆典开始之前，就有人告诉我们，只要将之前分发的号牌投入光球之中，就会自行分配对手。

看好戏喽！我正兴奋地想着，突然感觉到身边有动静，我立刻向侧面看去，只见赫本已经走了出去。

“你干什么？”我赶忙跑过去，一把拉住她。

“报名参赛啊！”赫本一副理所当然的样子，她的大眼睛里满是跃跃欲试之色。

“你傻啊！你看不出那两个捣乱的绝不是六阶那么简单吗？你参什么赛啊！”我没好气地说道。

赫本惊讶地道：“又不是只有他们参赛，还有别人呢。这么多魔法师，我怎么可能运气那么差就抽中他们？既然来了，我总要试试呀，不然的话，还不知道什么时候能突破到六阶呢。你难道不参加？”

“瘦老头说我不用参加了。天才要低调。”我骄傲地说道。

“好吧，那我去啦。”说着，赫本就跑了过去，把手中的号牌扔进了光球之中。

场中有些嘈杂，很多人都在讨论着眼前的情况。

赫本把自己的号牌投入光球之后，很快就感受到有许多异样的眼神看向她，然后她发现，除了她之外，竟然没有其他魔法师参与抽签。

空中的空间法神唐凌此时也有些烦乱，甚至怀疑是不是自己提醒得太隐晦了。她是要速战速决，让比赛赶快进行完，好赶走这些不速之客，继续举行庆典。怎么还有这么不长眼，明明只有五阶却跑出来报名的丫头？

我也是在赫本投出了号牌之后，才发现没有其他魔法师参与抽签。

坏了！不会只有她一个傻乎乎地去了吧？我应该坚定一点阻止她才是。真是该死，为什么每次她用那大眼睛看着我的时候，我就没法拒绝她？我这是什么毛病？

西迪通知了我，却没通知她，他是认为她不会参赛吗？

正在这时，一道窈窕的身影从神之塔的方向飘然飞落，朝银色光球的方向飞来。她的身形仿佛在闪烁一般，每一次闪烁，都会距离广场中心更近一些。

那是一名相貌秀美的女子，身穿银白色长裙，一头长发披散在身后，全身充满着圣洁的味道，一双眼眸带着几分空灵，脸色肃然。

一道光芒从她手中射出，赫然是一枚号牌，号牌直接飞入光球之中消失。

此时此刻，两道身影从天而降，代表着奥斯曼帝国的奥古斯丁以及代表古斯塔帝国的帝罗天骤然落地，也不知道他们是从什么地方获取的号牌，两枚号牌飞射而出，各自没入银色光球之中。

看着他们报名，斯曼帝国的魔法师竟然真的没有一个走出来。看到这一幕，我心中顿时感觉不妙。我立刻向赫本传音道："待会儿无论你遇到的是谁，都立刻认输，这些家伙不是你能对付的。"

赫本回头看了我一眼，嫣然一笑，还冲我挥了挥拳头。看着她脸上坚定的神色，我就知道坏了。

别看这个女人跟我在一起的时候总是捉弄我，但她有一颗执着而坚定的心。自从天赋提升之后，她就修炼得特别刻苦，除了照顾我的起居之外，几乎每时每刻都在修炼。我知道，她是真的想要成为一名强大的魔法师。否则的话，她也不能在短短几年内就从原本的初窥门径修炼到现在五阶巅峰的程度。

她不可能看不出自己不是这些强者的对手，而是希望通过强者对自身的压迫来突破六阶。她还真的是……

如果只是斯曼帝国内部的比赛当然没什么，但并不是啊！这是国家之间的争斗，如果她面对的是那两个外来者，人家可不会手下留情。

身穿银白色长裙的女子有些诧异地看着赫本："你是？"

"我是赫本，来自地戎魔法塔，你好。"赫本的衣着比那女子要朴素得多，但哪怕是朴素的长裙穿在她身上，依旧无法遮掩她本身的光芒。她双眸灵动，带着几分英气，秀美的面颊仿佛上天最完美的杰作，虽然只是穿着普通的魔法袍，却依旧难掩她的绝世容颜和高贵气质，与那身穿华贵魔法袍的女子站在一起，气质上丝毫不逊色。

"抽签开始。"空中的空间法神唐凌已经等不了了。她毫不犹豫地下令抽签，我最不愿意看到的一幕还是发生了。

银白色光球之中光芒闪烁，只是一瞬间，两道光芒就从其中飞射而出，化为两个大大的号码出现在半空。

我是知道赫本的号码的，而这两个都不是，显然，第一场并没有她。还好、还好，还来得及让我再劝劝她。

"第一场，伊娜公主对阵奥斯曼帝国的奥古斯丁王子。"

伊娜公主显然就是刚刚从神之塔中出来的女子，知道了自己的对手是谁后，她的目光随之落向了奥古斯丁那英俊的面庞。

奥古斯丁眸光深邃，盯着伊娜，微微向她躬身致意，伊娜也随之还礼。

"我们的战场应该在空中。"奥古斯丁向伊娜微微一笑。

伊娜点了点头："自当如此，王子殿下，请。"

"公主殿下，请。"奥古斯丁做出请的手势。下一瞬，一双灿烂的金色光翼在他背后舒展开来，光翼用力一拍，带着他的身体扶摇直上。

空中众多至强者此时已经分散开来，分为三方，注视着这场战斗。

斯曼帝国想要节约时间，尽快解决眼前的麻烦，好继续举行庆典，而对于奥斯曼帝国和古斯塔帝国来说，无论是获胜还是拖延时间，都是相当不错的选择。伊娜在斯曼帝国的地位显然堪比奥古斯丁在奥斯曼帝国的地位和帝罗天在古斯塔帝国的地位。比赛直接是最强者的碰撞自然最为节省时间。这也是其他魔法师没有参与的原因。

趁所有人的注意力都在空中的他们身上，我快速来到赫本身边，拉着她往回走。

“你是不是傻？看不出来吗？这是国家之间的争端，是你能掺和的吗？这种战斗人家不会手下留情的。”我没好气地对赫本说道。

赫本很乖巧地跟我走了回来，展颜一笑，道：“我知道呀，但我还是要参加。在与强者的对抗中，我才能更好地突破自我。放心吧，我不会有事的。不是还有你吗？我要是有危险，你就替我认输好了。”

我很头痛，我真是拿这个女人一点办法都没有。

就在这时，伊娜和奥古斯丁都在空中停了下来。他们在大约三百米的空中，那些至强者则在更高的地方注视着他们。

毫无疑问，这一场比拼，代表的是斯曼帝国与奥斯曼帝国年青一代最强者之间的碰撞，谁若是获得胜利，无疑就会让自己的国家在气势上占据优势。

第19章

龙魔法师

奥古斯丁的脸色变得严肃起来，右手之上金光一闪，一柄金色的巨剑就已经出现在他的掌中。此时的他看上去就像一名黄金武士，全身散发着金灿灿的光芒。

在他背后，一个巨大的金色六芒星徐徐显现出来，那巨大的六芒星迸发着强烈的光明气息，那分明是光明属性的能量。这位来自奥斯曼帝国的王子，自身竟是光明属性的存在。

在七大基础属性之中，最强大的就是光明、黑暗、空间这三种，要凌驾于其他的元素属性之上。

半空的空间秩序守护者唐凌的瞳孔略微收缩了一下，抬头看向对面的叶浩涵：“他继承了奥斯曼皇族的黄金龙？”

“当然。奥古斯丁殿下是奥斯曼皇位的第一顺位继承人。”叶浩涵气定神闲地说道，脸上的笑容更是掩饰不住。奥古斯丁是他的弟子，虽然属性不同，但是他从奥古斯丁还年幼的时候就开始对其进行教导，对这位弟子自然再熟悉不过。

奥古斯丁在天赋、毅力方面，无不是拔尖的。众位龙骑士都认为，在不久的将来，奥古斯丁必然能够成为奥斯曼帝国的最强者，甚至是整个大陆的最强者。

正在这时，在那金色的六芒星之中，一声激昂的龙吟骤然响起，一个巨大的金色的头随之从中探出。龙头低下，下一刻已经托住了奥古斯丁的身体。紧接着，庞大的龙身从那金色的六芒星之中挤了出来，带着奥古斯丁的身体骤然高飞。

那赫然是一条雄壮的巨龙，身长足足超过四十米，身上长满了金色的鳞片，浓烈无比的光明气息从它身上迸发，全身充斥着无与伦比的强大力量。

当巨龙托住奥古斯丁之后，两者之间顿时产生了某种联系，更加强烈的光元素随之迸发，在他们身边形成了一圈圈金色的光环。那强悍无比的气息，令下方斯曼帝国的众多魔法师不禁噤若寒蝉，连之前的讨论声都消失了。

看着这一幕，我不禁皱了皱眉，那金色的巨龙虽然还没有成年，但是也有九级左右的实力，而且龙族天生身体强悍，这黄金龙显然更是其中的佼佼者。九级的魔兽相当于拥有八阶实力的人类，这奥古斯丁明显也有八阶修为，加上巨龙，其实力之强可想而知。

“面对这样的对手你也要上？”我碰了碰身边的赫本。

赫本此时也在注视着天空，眼中冒着光：“好帅哟，金灿灿的。”

我顿时气结，我在担心她的安危，她可倒好，在这儿看上帅哥了？但她的下一句话就让我大跌眼镜。

“你说，他身上这么多金灿灿的东西，要是都能变成黄金，能值多少钱？”赫本眼中的光芒更加明亮了。

“你什么时候这么贪财了？”我忍不住揶揄。

“昨天啊！昨天我才意识到钱的重要性。以后你要好好赚钱，好养我，听到没有？”赫本非常严肃地说道。

“为什么是我养你？你不是我的侍从吗？”

“对啊！当然是主上养活侍从，难道还是侍从养活你吗？你有没有人性？你的良心不会痛吗？奥斯汀，你可要努力哟。”

我无言以对。每次都说不过她，这个可恶的女人。

正在这时，天空中传来了第二声龙吟。听到第二声龙吟，我心中不禁有种奇异的感觉。

果然，下一瞬，一道银色的光芒就出现在了伊娜公主身后。银色的六芒星闪烁，与对面的金色六芒星交相辉映。只不过伊娜公主身后的这个银色六芒星要小一些，伴随着龙吟声，一道银色身影从中钻了出来。

那是一条银色的巨龙，身长三十米左右，相比对面雄壮的黄金龙，这条银龙的身材显得秀美许多，一双翅膀呈张开状态。它的双眸是紫色的，散发着淡淡的紫光，身上的鳞片更是奇异的六边形，才一出现，就令周围的空气出现了奇异的扭曲。

“龙魔法师？”对面的众位龙骑士无不发出惊叹的声音。显然，相比于龙骑士，龙魔法师更加稀有。

巨龙都拥有强大的体魄，也拥有魔法的能力，但相对来说，大多数巨龙都是用魔法来辅助自己强壮的体魄，从而在战斗中拥有强悍的实力。只有少数精神力特别强大的巨龙会把重点放在魔法上，从而让自己成为施展魔法的载体。同时，只有这样的巨龙才有可能和魔法师缔结契约，从而让其成为龙魔法师。

这位斯曼帝国的伊娜公主竟然就是这样一位龙魔法师。

想要成为龙魔法师，自身的魔法属性还要和巨龙本身的一致，唯有如此，才能发挥出更强的实力。

奥古斯丁的属性和他的黄金龙都是光明，这已经是极其难得的了，而伊娜公主作为魔法师，能够与巨龙坐骑伙伴的属性一样，那就更是罕见。而且，她的属性是空间，与空间秩序守护者唐凌一样，这位自然是那第一法神的弟子了。

这一战，叶浩涵等龙骑士原本是对奥古斯丁信心十足的，可此时信念都不禁出现了些许动摇，这位对手并不好对付啊！

伊娜公主站在银色巨龙的头顶，右手之中已经多了一根银白色的魔法杖，全身散发着奇异的银色光彩。虚幻的光芒令她看上去有些不真实，但就是这样的不真实，更让她多了几分神秘的美。

空灵龙，一种极其罕见的空间属性巨龙，身体强度要远远逊色于正常的巨龙，却有着超强的精神力。它天生对空间元素亲和，掌握着空间属性的力量。

为了获得这条巨龙的认可，伊娜刚出生，就与幼小的空灵龙生活在一起，冒着随时有可能被空灵龙伤害的风险陪伴着它一同长大。直到她十八岁成年，空灵龙才认可了她并与她缔结契约，从而让斯曼帝国多了一位龙魔法师。

“远来是客，王子殿下，请！”伊娜公主向奥古斯丁做出一个请的手势。

奥古斯丁挥剑致意，让过一招，显然不愿意率先出手。毕竟对方是女性，这点骑士精神他还是有的。

伊娜没有再谦让，她很清楚自己的老师要的是什么，让她出手，就是为了尽快解决眼前的麻烦，让庆典继续，这关系到斯曼帝国之后几年的发展。一旦这次被压制了，那么，未来就有可能次次被压制。

第20章

黄金奥义

伊娜的双眸之中银色光芒流转，从眼角溢出，散发成星星点点的光芒。她手中的魔法杖在空中虚幻地挥动了一下，顿时，周围的空间出现了一圈圈涟漪。

一圈圈银色涟漪直奔奥古斯丁的方向飞射而去，在空中带起一片片扭曲的光晕。

在这银色涟漪飞动的过程中，能够看到的是，银光中央渐渐变为漆黑一片，那分明是空间被切割，露出了另外的次元。

凭借着身下巨龙的辅助，伊娜对空间之力的掌控已经到了极其强大的程度。

而就在这时，另一边的奥古斯丁动了。身下的黄金龙双翼拍动，骤然加速，他将手中的重剑高举过头，灿烂的金色光芒化为一簇刺目的光焰腾空而起，人与巨龙在这一瞬仿佛已经融为一体。

那一道道银色涟漪碰撞上来，都在那炽烈的金色光焰之中泯灭，银色涟漪之中的黑暗仿佛在瞬间就被光明点亮。此时的奥古斯丁就像一颗金色流星，悍然朝着伊娜的方向飞射而去。

这一切发生得非常快，双方的第一次碰撞几乎在须臾之间就完成了。

带着灿烂的金色光焰，奥古斯丁凭借着黄金龙强大的飞行能力，几乎是下一瞬就到了伊娜面前。金色与银色两条巨龙眼看就要碰撞在一起，黄金龙的大口已经张开，一股金色火焰直奔对面的空灵龙喷射而出，丝毫没有要手下留情的意思。

空灵龙双眸之中的紫色在这一瞬变得浓重了几分，下一瞬，它与头顶上的伊娜公主却瞬间都变得虚幻起来。

两道庞大的身影几乎是瞬间就融合在了一起，下一瞬又分开，互换了方位。

一般人看上去，黄金龙竟然是从空灵龙身上穿透过去，根本就没有碰触到实体，而空灵龙也没有被黄金龙的光明火焰灼伤。

只有顶级强者才看得出，在双方即将碰撞的一瞬间，伊娜公主和她的空灵龙瞬间破开空间，到了另一个空间之中，等到黄金龙穿梭过去之后，才重新显现出来。

这个过程说起来简单，但实际上想要做到，需要的是魔法师与龙之间的完美配合。

双方交错而过，脸色都变得凝重起来。

“魔法师弱了一点。”我喃喃地说道。

“你怎么知道？看起来不是没什么变化吗？”赫本疑惑地说道。

“消耗不一样。”我瞥了她一眼，“一个是引动血脉的力量爆发攻击，轻松破开了对方的试探性攻击，另一个却是因为不敢正面抵挡，整体发起传送，通过空间变化来闪避。谁的消耗更大，不是显而易见的吗？那条黄金龙很强，破开的空间都能被它用光明属性能量黏合上。”

赫本看看空中，再看看我，疑惑地问：“你怎么能看出这么多？”

我骄傲地仰起头，甩了甩头发：“境界！”

“德性！”赫本白了我一眼，在我腰上掐了一把。我的境界也随之跌落，这个无情的女人！

空中的双方经过第一次碰撞之后，显然对对方的能力都有了判断。奥古斯丁将手中的重剑再次高举过头，灿烂的金色光焰几乎将整个天空都染成了金色，气血波动极其强烈，以至于在地面的人都有被灼烧的感觉。

这家伙确实挺强的。我在心中想着。

另一边，伊娜公主将手中的魔法杖高高举起，口中念着一连串的咒语，身下的空灵龙迸发出灿烂的银色光芒，她的双眸也已经完全变成了亮银色。奇异的空间波动在半空迸射，将她的身体与身下的空灵龙完全笼罩在一起。

奥古斯丁的重剑骤然斩落，身下的黄金龙迸发出的金色光焰在这一瞬与他斩出的剑芒融为一体，化为一道巨大的金色剑芒凌空飞出，直奔对面的伊娜公主斩去。那剑芒足有百米长，所过之处，空间扭曲，大量的空间元素被驱逐。

这就是以势压人了。论修为，奥古斯丁和他的黄金龙确实是在伊娜公主和空灵龙之上的，他就是要凭借自己的修为境界直接压制伊娜，从而让伊娜没有还手的机会。

伊娜公主手中的魔法杖也在这一刻挥出，这次她没有选择传送。在对方强大的光明之力面前，如果继续传送，她的消耗会更大，不只是消耗在传送方面，还要消耗在对空间的维护上。而且有了第一次的经验，对手必然会等在她重新传送回来的地方，那时候就真的没有机会了。

在意识到自己修为不如对手的情况下，这位公主殿下也是当机立断。想要获胜，就必须趁自己还在巅峰的时候，给对方以致命一击。

伊娜公主身下的空灵龙迸发出强烈的银光的同时，她自身也仿佛变得通透了，无数空间元素汇聚在她手中的魔法杖之上。

这里毕竟是斯曼帝国的地方，在伊娜公主背后有神之塔的存在。虽然她的修为还不足以调动神之塔，但通过刚才的庆典，空间法神唐凌已经凝聚了不少空间元素注入神之塔，所以，在这里空间元素是绝不缺乏的。

灿烂的银色光芒划破长空，一道巨大的次元斩几乎将整个空间劈斩成了两半，所过之处，一抹漆黑在两侧的银光环绕之下瞬间迎上了那巨大的金色剑芒。

当两者碰撞的瞬间，这一次却是金色剑芒被切割了开来。剑芒被直接劈开向两边滑落，而那次元斩的威能却持续向前，直奔黄金龙骑士奥古斯丁的本体斩去。

伊娜公主这一击竟如此强大？

而奥古斯丁的脸色并没有半分变化，他刚才这一剑看上去气势恢宏，其实并没有用全力。他就是想要看看伊娜公主会不会再次进行空间隐藏，如果对方这么做了，那么他就将占据绝对的优势，当对方重新传送回来的时候，必将失去抵挡的机会。

而此时伊娜公主全力以赴的反击，让奥古斯丁在十分欣赏的同时，也安下心来。对手的实力是不如自己的，那么，就用最直接的方式击败对方好了。

奥古斯丁将手中重剑收回在身前，仰天发出一声悠长的咆哮。眼看次元斩就要临近，恐怖的金色光焰却宛如火山喷发一般从他与黄金龙身上爆发而出，炽烈的气血波动令整个天空仿佛都在燃烧！

次元斩在进入这金色光焰的范围后，瞬间变得凝滞起来，只能一点点地向前挤压。

奥古斯丁缓缓将重剑重新举起，口中发出两个低沉的字眼："辉煌！"

刹那间，所有金色光芒收拢，光焰凝聚，而奥古斯丁和身下的黄金龙都变得晶莹剔透起来，仿佛真的变成了黄金雕塑。

次元斩斩击而上，在碰触到这宛如黄金雕塑一般的身躯时瞬间崩溃，竟没能够伤害到对方半分。而就在这时，金色光芒宛如液体一般流淌，下一瞬，整个空中，无数金色的光影随之浮现。

那是一道道纵横交错的金色剑芒，半空仿佛出现了无数个奥古斯丁，恐怖的剑芒封锁了整个空间，将伊娜公主周围的空间全部覆盖。

黄金龙骑士奥义，黄金圣剑之剑冢爆！

第21章

伊娜的逆袭

奥古斯丁是一个非常有决断力的人，当他对对手有了清楚的认知之后，就绝不会再给对方半分机会。全力以赴的爆发，让他此时此刻释放出的攻击威能甚至已经触摸到了九阶那个层次。作为奥斯曼年青一代的第一人，未来奥斯曼帝国的皇帝，他的实力绝对是非比寻常的。

对面的伊娜公主在无数剑芒的笼罩之下，已是花容失色。但在下一瞬，她也动了，她猛然仰起头，张开双臂，整个身躯在这一刻都仿佛舒展开来了，身下的空灵龙竟然完全化为道道流光融入她的身体之中，从而完全消失。

在她的背后，银色的六芒星浮现，就像空灵龙刚刚出现时那样，一道道流光绽放着灿烂的光辉。

一道道漆黑如墨的空间裂缝骤然在伊娜公主身体周围出现，她的本体就像空间裂缝的源泉一般，不断地向外迸发着一个又一个空间世界。

面对剑冢爆这样的恐怖奥义，想要通过空间遁逃是不可能的，这种强大得可以媲美禁咒的攻击已经封死了所有空间。

但在这样的情况下，伊娜公主将整个空间撕裂，化为无数的空间裂痕，每一道裂痕都能吞噬一道剑芒。

空间奥义，空天裂!

双方在持续不断地碰撞，空中的两大奥义令人目眩神迷。毫无疑问，谁先坚持不住，就将在对手的攻击下崩溃，这是非常危险的战斗。哪怕是九阶强者，在这个时候也很难阻止这样的战斗。

双方的顶级强者都在紧张地看着，而对地面上的观战者来说，更多的则是心惊胆战。

眼前所发生的战斗，对于绝大多数魔法师来说都是无法想象的恐怖场景。这两位，无疑都是极其恐怖的存在。

空间裂痕不断吞噬，但剑芒也在不断地产生。能够明显感觉到，伊娜公主吞噬的速度渐渐无法赶上剑芒被释放出来的速度了，两人修为上的差距渐渐显现了出来。

尽管空间属性不逊色于光明属性，甚至犹有过之，但无论是伊娜公主还是她的坐骑龙，在修为上都要比对面的奥古斯丁与他的坐骑龙弱。

奥古斯丁被誉为奥斯曼帝国千年以来的第一天才绝非侥幸，更何况他非常努力。在奥斯曼帝国内部，几乎所有人都认为他未来能成就半神，会成为奥斯曼帝国真正的定海神针。

目前的奥斯曼帝国只有一位半神，就是奥斯曼帝国当代的皇帝。

而斯曼帝国的皇室则较弱，皇帝没有太强的能力，都是由半神唐凌主持大局。伊娜公主作为皇室最优秀的天才，拜唐凌为师，并且成为龙魔法师，也不是没有像奥古斯丁那样未来成为最强者的念头。

在这个实力为尊的世界之中，没有什么比自身拥有强大的实力更为重要的事情了。

但是，眼前的比拼，伊娜公主眼看就要支撑不住了啊！如果她陨灭在这场战斗之中，那么，对斯曼帝国的打击将是极大的。

“我跟你拼了！”伊娜公主愤怒的声音在空天裂的中心响起。下一瞬，无数的空间裂痕突然朝着前方疯狂奔涌，直奔远处的奥古斯丁冲去，而原本撑开的生存空间顿时被更多的剑芒从四面八方围剿。

但也就在这时，银色光芒突然爆发出前所未有的强大力量，伊娜公主背后的银色六芒星闪烁了一下就消失了，连带着空灵龙的气息也消失了。

而那灿烂的银光骤然将剑芒撑开，空间裂痕汇聚成一股，直奔奥古斯丁的方向飞射而去。

伊娜公主竟在这瞬间抽空了空灵龙全部的力量，发起了最后一击。

“没用的。”奥古斯丁淡淡地说道，手中的重剑骤然脱手飞出，在空中爆发出灿烂的金色光辉。虽然重剑消融了，但周围的剑芒随之暴增。

虽然空天裂依旧在不断地接近，但是速度在逐步下降。

输了，谁都看得出，伊娜公主恐怕要输掉这场比赛了。

当空天裂的威能耗尽的一刻，就是她输掉比赛甚至身死的时刻。

金色依旧旺盛，银色却在渐渐泯灭。

高空中的唐凌法神脸色变得越发难看了，而奥斯曼帝国与古斯塔帝国的强者们脸上却都浮现出了笑容。

他们当然看得出，虽然之前赫本也报名了，但是赫本的气息太弱，根本不足以构成威胁。只要解决了这位伊娜公主，那么年青一代的这一战，斯曼帝国就输了。后面就简单了，气势上的打压，再加上时间的拖延，这次庆典对斯曼帝国来说，就是失败的。他们的目的就达到了。

但是，就在所有人都认为这场比赛胜负已定，奥古斯丁就要取得胜利的时候，异变发生了。

那越来越弱的银光突然向内收缩，竟然在一瞬间消失了，就像是伊娜公主在剑芒之中直接泯灭了。

看到这一幕，奥古斯丁都愣了一下。下一瞬，一道银色身影就已经俏生生地出现在了他面前。

这是谁都无法想象的一幕。眼看就要输掉比赛甚至死亡的伊娜公主，居然就那么出现在了黄金龙的头顶上，与奥古斯丁近在咫尺。

谁能想到，一名魔法师处心积虑甚至不惜耗尽自己坐骑龙的全部力量，竟然是为了要接近一位强大的龙骑士。而此时的伊娜公主，脸上哪有半点愤怒。

双方近在咫尺，面对面，奥古斯丁在愣神的瞬间，伊娜的手指已经点了过来。刹那间，她全身散发出无比夺目的银色光芒，整个人似乎变得通透了，背后的六只银色翅膀张开，散发着奇异的光彩。

奥古斯丁全身剧震，他只觉得自己的精神之海瞬间受到了前所未有的冲击。

空灵龙释放给伊娜公主的不只是本身的空间元素力量，还有精神力。自幼一起长大的他们早就已经宛如一个整体，空间奥义只是为了给伊娜公主创造一个机会。

在第一次双方碰撞的时候，聪明的伊娜公主就已经感觉到自己绝不是奥古斯丁的对手了。对方整体实力要比自己更强，自己唯一的优势恐怕就是精神力。

所以，她甘冒奇险，给自己创造一个这样的机会。空间奥义的作用，只是为了让她有机会完成这次传送。

难道斯曼帝国的神之塔愿意让皇室变得强大，从而成为皇室的附庸？显然是并不愿意的。但在这种情况下，唐凌法神还愿意收伊娜公主为徒，并且悉心调教，让她成为龙魔法师，原因只有一个，伊娜公主的先天内灵力为九十九，是真正的空间之子。

凭借着超强的天赋，最后这一下的传送，她已经爆发出了自己血脉的力量，化为空间使者，这才能突破封锁。

精神风暴也就在这一瞬彻底爆发而出，近距离地送了奥古斯丁一份大礼。

奥古斯丁万万没有想到会发生这样的情况，一切都来得太突然了。

更高的空中，原本脸色严肃的唐凌法神在这一刻脸上已经露出了笑容。成了！伊娜从来没有让自己失望过。

第22章

精神情种

奥古斯丁的精神之海正受到一位龙魔法师全部精神力的恐怖冲击，他的精神世界正在崩塌。

就在这个时候，凄厉的龙吟声随之响起。

黄金龙与奥古斯丁也是一体，当奥古斯丁的精神力受到强烈冲击的时候，它也一样会受到重创。但就在这时，黄金龙身上的气血波动突然提升到前所未有的强度。

恐怖的一幕发生了，它那抖动的大头竟然骤然分裂成了三个，尽管有两个头是虚幻的，但是在这一瞬，黄金龙已经变成了三头黄金龙。

奥古斯丁的头上顿时爆发出灿烂金光，仿佛在他的脖子以上多了一颗金色的太阳取代了头颅。

伊娜公主闷哼一声，向后退了一步。

“三头黄金龙？这条黄金龙竟然有上古祖先的血脉？”在场的所有顶级强者都震撼不已。

这一幕实在是太惊人了。

所有的变化发生得实在太快，从奥古斯丁占据上风，到伊娜公主突然精神反击，再到三头黄金龙爆发出强大的精神力辅助奥古斯丁翻盘，大起大落，着实令人的心脏都出现了难以承受的感觉。

而发出那一声咆哮之后的黄金龙，两个虚幻的头迅速消失，庞大的身躯也变得委顿了许多，直接朝着地面飘落，竟连飞行的力量都快没了似的。

奥古斯丁头顶上的金光渐渐收敛，露出了本来的面貌。此时的他，头盔都已经崩裂消失了，英俊的面庞一片苍白，口鼻处都有血迹，就连眼神都有些恍惚。

伊娜公主同样是脸色苍白，甚至需要依靠魔法杖才能支撑着自己的身体不倒下去。

“你赢了。”伊娜公主看着奥古斯丁，眼神有些复杂地说道。

奥古斯丁此时还没有回过神来，直到黄金龙落在地面上，他握着重剑的手才轻微地抖动了一下，看着伊娜的眼神发生了一些变化。

一道银光从天而降，卷起伊娜的身体，令她消失无踪。

不知道为什么，看着伊娜消失，奥古斯丁有种怅然若失的感觉。

“第一场，奥古斯丁殿下获胜。”

斯曼帝国年青一代最强的伊娜公主就这么败了。

令天青龙骑士叶浩涵感到奇怪的是，在他对面的空间法神唐凌脸上却露出淡淡的微笑。她的弟子输了，几乎是意味着斯曼帝国今天就已经输了这一场，她怎么还笑得出来？

“继续吧。”唐凌淡淡地说道。

奥古斯丁收回了黄金龙，有些蹒跚地离开了广场中央，被一位龙骑士接走了。

这时候，我紧张了起来。

“记得帮我认输哟，但也要在真的有危险的时候。”赫本捏了捏我的脸，就走了出去。

真的好想阻止她。可是，不知道为什么，我不太愿意违背她的意愿。

这个女人，真的是……

来自古斯塔帝国，脸色阴冷的帝罗天缓缓走了出来，走向赫本。

赫本看着对方，指了指空中，道：“我们也在空中吗？”

帝罗天上下打量着她：“随便。”

“那就试试吧。”赫本跃跃欲试地说道。说着，她背后光芒闪烁，一对由火焰凝聚而成的翅膀在身后张开，用力一拍，身下火光涌动，推动着她的身躯就已经朝着空中飞射而去。

看到这一幕，帝罗天不禁皱了皱眉，在他背后，一双漆黑如墨的翅膀也随之显现，却要比赫本的翅膀大得多。

一般来说，修为达到五阶之后，就能够凭借灵力化为翅膀飞翔了，有些则是需要六阶。

帝罗天自然一眼就看出，赫本的修为并不强，但是他没有说什么，毕竟之前伊娜公主的实力看上去也是不如奥古斯丁的，最后却给了奥古斯丁重创，还险些反败为胜。在他看来，赫本既然敢出来，必然是有一定依仗的。

双方很快就到了空中，赫本已经取出了自己的魔法杖，魔法杖顶端有一颗赤红色的宝石，看上去非常漂亮。

这根魔法杖可是她的宝贝，平时她宝贝得不得了，连我碰一下都不让，小气得很。

此时，赫本手持魔法杖，披着红色的魔法袍，灵力凝聚而成的火焰双翼轻轻拍动，令她看上去是如此美丽，瞬间就成为全场的焦点。

如果能以美貌衡量实力的话，在众多魔法师眼中，赫本是绝不逊色于先前伊娜公主的存在。也正因为没什么人认识她，所以就算是加满都城这边，也没有谁质疑她此时的出手。

我牢牢地盯着空中，现在最好的结果就是，赫本在压力之下完成突破，然后认输，结束比赛。

赫本取出魔法杖的同时，另一边的帝罗天身上也释放出了六个淡紫色的水晶球，至少看上去是如同水晶球一般的存在，而且每一个水晶球都释放着强烈的元素波动，明显要比赫本的魔法杖品质高很多。

“开始！”唐凌沉声喝道。在宣布下面这场比赛开始的同时，她的目光却是看向对面龙骑士阵营的。

此时，奥古斯丁已经在一位龙骑士的接应下回到了己方的阵营之中，众位龙骑士正在向他恭贺，但他站在巨龙背上显得有些沉默。

唐凌脸上的笑意越发浓了，赢了？谁赢了还不一定呢。就让精神的种子再孕育一段时间吧，等他变得更加强大，真正成为龙骑士的时候，就将不能自拔。未来他如果是皇帝，在他精神之海内种下了精神情种的伊娜，就会是他的皇后。到了那时候，究竟是谁联合谁呢？

这次奥斯曼帝国和古斯塔帝国强者前来，斯曼帝国真的一无所知吗？当然不是！正相反，斯曼帝国通过强大的情报网早就已经得知对方的这次行动，而且进行了极其具有针对性的部署。

精神情种是由一件神器演化而来的，不同的是，这件神器是一件一次性的魔法器具，使用之后就会消失。

精神情种需要自幼培养，与自身融为一体。当遇到心爱之人的时候，可以将精神情种种在对方的精神之海内，从此双方情根深种，一生只能与对方在一起。这是一对痴男怨女炼制出来的，而且无法复制，没有其他副作用。

斯曼帝国在获得了这件神器之后，在伊娜公主出生不久之后就给她使用了，因为那时候的她就已经是个小美人。按照皇室的设想，未来她至少能嫁给一位法神，从而成为皇室的支柱。

但让皇室没想到的是，伊娜公主觉醒了强大的魔法天赋，拥有最强大的空间之子体质。她拥有这样的体质，自身就能成为法神，还用得着嫁给法神吗?

伊娜公主在拜唐凌为师之后，就将这件事告诉了唐凌。唐凌是神之塔的支持者，更是掌权者，但唐凌本身是空间系魔法师，空间属性的强大对她来说更为重要，这关系到她这一脉是否能够持续掌控神之塔，空间系魔法师是否能够持续成为执掌者。所以，她收下了伊娜，对精神情种的事也没有在意。

而这次，面对两大帝国突然发难，尤其是在得知奥斯曼帝国年青一代最强者奥古斯丁的天赋特别强大之后，唐凌与皇室商量了一番后，定下了这个计策。

第23章

赫本vs帝罗天

三大帝国之中，国力最强盛的就是奥斯曼帝国，奥古斯丁可以肯定会是未来的皇帝，而且是半神层次的存在。而精神情种最厉害的地方就在于，一旦相爱，就至死不渝，而且只会有这么一位伴侣。还有什么比联姻更能让双方关系变得紧密呢？

所以，伊娜之前施展的精神风暴并不只是为了战胜对手，更重要的是将精神情种种下。为了自己的国家，伊娜不得不这么选择。更何况，无论是奥古斯丁的外形还是他的实力，她都不反感。

精神情种在刚刚被种下的时候是最为脆弱的，需要一段时间的充分吸收。所以，唐凌明知道赫本这个不知道从哪里冒出来的魔法师不可能是古斯塔帝国帝罗天的对手，却还是没有阻止比赛。

比赛只要继续，双方强者的注意力就都会在比赛上，谁也不会注意到奥古斯丁身上的变化。毕竟，想要发现精神情种，需要以强大的神识进行全面探查才行，而最多再过几分钟，精神情种就会被奥古斯丁全面吸收。

伴随着唐凌一声“开始”，战斗瞬间展开。

赫本的反应很快，她手中的魔法杖向前方一指，顿时，一个大火球就已经凝聚而成。这可不是一阶的普通火球，而是三阶的大火球，带有爆炸效果，所以也叫作爆裂火球。

施展这样一个魔法当然不算什么，但问题是她是瞬发。

在正常情况下，想要施展一个三阶爆裂火球并且瞬发，至少也要拥有六阶甚至是七阶的实力。而赫本之所以能够做到，那自然是因为我的指点了。

她虽然不能像我那样完全不吟唱咒语，就能够自然地操控所有元素，但咒语这东西总是有些技巧的。爆裂火球在三阶魔法之中算是威力非常大的，用来起手再合适不过。

瞬发的三阶爆裂火球迎风变大。由于神之塔之前在牵引各种魔法元素，当赫本开始攻击的时候，立刻就感觉到同样的魔法在这里施展出来，明显要比自己原本施展时威力更大，就连对火元素的感知也变得更加敏锐了。隐约之间，她已经触摸到了一丝突破的门槛。

帝罗天身体周围的六颗水晶球同时绽放光芒，各自投射出一道光线，瞬间在他身前勾勒出一个六芒星。

一声低沉的吼叫响起，紧接着，一个硕大的身影就从那六芒星之中挤了出来。与此同时，他开始低沉地念诵咒语，身体周围开始呈现出扭曲的波纹。

从六芒星中钻出来的是一只硕大的蛤蟆，足有三米多高，通体漆黑，后背有绿色的纹路，只见它一张嘴，就将飞射过来的爆裂火球吞入口中。下一刻，它肥硕的身躯震颤了一下，隐隐有气流在身体周围流动，竟然就这么化解了赫本的攻击。

赫本还是第一次面对召唤师，看着对面那只硕大的蛤蟆也是吓了一跳，忙不迭地在自己身前套上了一个火元素盾。

几乎就是在她那火元素盾出现的同时，对面那只蛤蟆就已经再次张嘴，一团无形的气流骤然喷射而出。

赫本的反应还是非常快的，强烈的危机感令她意识到了不对，迅速在自己身前又套上了三层火元素盾。每一层火元素盾和前面一层迅速结合，短时间内相互重叠，火元素盾随之发生了变化，化为一面硕大的火焰盾牌——火灵盾!

火灵盾是五阶火系魔法，是火系魔法中较为少见的防御类魔法，当赫本将这个火灵盾施展出来的时候，连诸位法神都不禁面露惊讶之色。

一个五阶魔法并不值得他们惊讶，他们惊讶的是，赫本在使用火灵盾的时候，是通过四个三阶的火元素盾叠加变成了火灵盾。

这样做的消耗其实并不比直接施展一个五阶的火灵盾更少，但问题是，四个瞬发的火元素盾叠加，量变产生质变，这就是非常巧妙，也是非常高端的技巧了。通过瞬发低级魔法叠加成高级魔法，就算是一些高阶的魔法师也未必能够做到，这是现在神之塔研究魔法的重要方向，没想到居然在一位来自地戎的年轻魔法师身上见到了成果。

之前赫本在报名参赛的时候，在场的强者都看得出，以她的实力，根本不足以参与国家级之战。但此时此刻，赫本对魔法的感悟和施展让众多强者都有些惊讶，难道说，这个感觉上最多也就是六阶实力的少女竟然真的有什么特殊的本领不成?

“砰”的一声闷响，空气炮在火灵盾上炸开，赫本的身体被向后推出十几米，但总算是维持住了火灵盾，没有令其破碎。

瞬发低阶魔法聚合成高阶魔法这样的技巧，当然是我教她的啊！除了伟大的奥斯汀格里芬，谁能想到这么好的主意？当然，这种叠加也是有弊病的，那就是最终释放的高阶魔法不能超过自身修为。

赫本被迅速针对，另一边，帝罗天的吟唱已经告一段落。在他两侧，各开启了一扇扭曲的光门，下一瞬，两道身影从里面钻了出来，赫然是两条身长都在五米开外的巨犬。它们身上燃烧着绿色的火焰，身体呈紫黑色，狰狞的头部格外大，张开嘴就会露出尖牙。

地狱犬！恐怖的八阶魔兽，相当于人类的七阶强者。

这两条地狱犬一出现，对面的赫本就花容失色，主要是有点被地狱犬狰狞的样子吓到了。但她并没有认输或者退却，口中吟唱着的咒语没有停止。

更准确的是，她之前施展低阶的火元素盾时，就一直在吟唱着咒语。瞬发魔法同时吟唱其他魔法咒语，这也是一种非常高级的应用。而这都是她在我的指点下才有的本事。

两条地狱犬咆哮一声，就同时加速，在空中脚踏火焰朝着赫本冲了过去。之前那只蛤蟆继续口喷空气炮，一次次地向赫本发起攻击，不断地冲击着她的火灵盾。

帝罗天在尝试攻击之后，就已经断定面前这个女人根本不可能是自己的对手。这次他和奥古斯丁能代表两大帝国前来，自然是有道理的。

奥古斯丁已经达到了八阶中段的实力，而他也已经跨入了八阶，论修为，他们都在之前迎战奥古斯丁的伊娜公主之上。面前这个少女虽然对于火系魔法的操控不错，但修为最多也就是六阶而已，如此巨大的修为差距，再加上他自身的底蕴，让他根本就没把对方看在眼里。

帝罗天现在想的是，战胜了赫本之后，他还要挑战上一场的胜利者。奥古斯丁虽然和他同来，是他暂时的盟友，但是在这样的比赛之中，如果他能够代表古斯塔帝国再战胜奥古斯丁，那么他必将名扬大陆，更会成为古斯塔帝国的英雄。

第24章

赫本受伤

帝罗天知道在正常情况下自己肯定不是奥古斯丁的对手，但奥古斯丁的黄金龙先前爆发血脉，为其抵挡精神风暴已经受了重创，对他而言正是难得的好机会。

在帝罗天看来，两条地狱犬已经足以对付赫本了，这可是相当于拥有七阶实力的人类强者的存在。黑暗与火双属性的地狱犬，在同级别魔兽之中都是非常强悍的存在。

赫本动了，她拍动着背后的双翼，迅速向远方飞去，口中的咒语却没有停止。

拉开距离，不仅会让蛤蟆的空气炮威力减弱，同时也是向后避让。

她并不是直接向远处飞去的，而是朝着左侧的侧后方飞去，火焰双翼拍动，速度并不慢。

但是，那两条地狱犬的速度更快，在空中脚踏火焰的它们正在飞快地朝着赫本追去。

但因为赫本飞行是朝着左侧后方，两条地狱犬之前是平行冲出的，此时因为转变方向，就变成了一前一后。

双方之间的距离快速地拉近着。

在下方观战的我不禁有些揪心。只有我明白赫本现在在做什么，也正因如此，我没有阻止她。

她平时的实战大多都是和我对练的，所以我很清楚这个满口谎言且十分狡猾的女人的实战能力。

论修为，她当然不行，但要说狡猾程度，那绝对是可以的，连我都曾经上过她的当。刚才什么花容失色之类的，她要不是装的，我就……

空中，两条地狱犬已经距离赫本只有不到十米了，炽烈的地狱火焰甚至都让她身上的火灵盾开始颤抖。

就在这个时候，赫本从一开始就进行着吟唱的咒语戛然而止，原本正在飞速后退的她突然停止了飞翔。

在赫本背后，一道赤红色的光影突然出现，那分明是一道人形的身影，但格外大，足有十几米高，散发着威严的气息，空气中的火元素几乎是瞬间就如同百川归海一般朝着那巨大的身影凝聚过去。

赫本的身躯停在半空，冲在前面的地狱犬撞了上来，大口张开，一口就咬在了火灵盾之上，将火灵盾撕碎。

赫本这是要被吞噬了吗?

这时她的右手抬了起来，食指前点。她背后那巨大的光影，也做出了同样的动作。

远处，正在想着之后挑战奥古斯丁，并且获得今天比赛冠军的帝罗天骤然惊醒，猛然抬头朝战场的方向看去。

第一条张开大嘴，已经要咬上赫本的地狱犬骤然凝滞在她身前，而后面的地狱犬跟在第一条地狱犬背后，也快冲到近前了。

第一条地狱犬的后脑处突然有一点金红色光芒闪烁，后方的地狱犬根本就没有任何准备，那一点金红色光芒就已经射中它的头。所以，连带着这第二条地狱犬也是身形凝滞。

火系，七阶魔法，火神一指。

修为只有五阶巅峰，还不到六阶的赫本，凭借着持续的长时间吟唱，再加上神之塔周围浓烈无比的火元素，有史以来第一次施展出了七阶火系魔法。而且，她还以这火系最强大的单体魔法，瞬间击杀了两条八级地狱犬。

尽管她的修为远不如对手，尽管之前没有任何人看好她，但是在这一刻，她发出了属于自己的光芒。就在火神一指施展出来的那一瞬，她突破了一直压制着她的五阶瓶颈，从而进阶成为六阶大魔导士。

两条巨大的地狱犬在空中凝滞了数秒，身上的火焰瞬间崩解，庞大的身躯也随之坠落。

以五阶巅峰的修为，一击秒杀两只八级魔兽，并且以此进阶六阶大魔导士，赫本已经足以自豪了。她用自己的聪明、智慧和努力完成了自己的设想。连我都没想到，她会借助神之塔凝聚而来的浓郁魔法元素，让自己在这种情况下迅速完成晋级。

两条地狱犬坠落，赫本的脸上满是微笑。伴随着修为晋级六阶，她背后的火焰双翼都变大了几分。

她红唇轻启，微笑地看着远处的帝罗天："我认……"

从下面看到她的笑容，我就知道她要做什么了。目的已经达到了，又明知道打不过对手，她自然是要直接认输了。一击秒杀对方两条地狱犬，突破的目的也达到了，这一场她的表现绝不算丢人，这是最完美的结局。

所以，在这一刻，我也放松了，甚至发自内心地为她赞叹。真是狡猾呀！

可是，就在这时，尖锐的吼声突然响起，打断了赫本的话。

整个天空突然变得暗淡，连我都没有在第一时间反应过来，一道巨大的身影就已经出现。

那一声尖叫令赫本全身剧震，整个人直接从空中坠落。

精神穿刺！这是非常强大的精神穿刺！

她都要认输了啊！

半空，一条身长超过三十米的巨大三头蛇浮现，发出尖叫的，正是居中的那个头，帝罗天坐在它的背上。

“浑蛋！”

当赫本从空中坠落的那一瞬间，我觉得全身的血液仿佛都要凝固了。我万万没想到，那个叫帝罗天的家伙竟然会在这种情况下发动攻击。他不可能看不出赫本是要认输了，毕竟，火神一指已经抽空了她所有的力量。

浑蛋！

那条巨大的三头蛇在空中扭动着身体，全身散发着青色的光芒，朝赫本喷吐出一道道青芒，连她已经完全失去抵抗的身躯也不放过。

我在赫本身体坠落的那一刻，就已经冲了出去。在这一瞬，我哪还管得了这是什么地方。我心中涌出一股前所未有的情绪，似乎是恐惧和慌张，强烈的恐慌感让我觉得仿佛要失去她了。

骤然腾空的同时，为了能够让对方停止攻击，我发出了一声怒吼。

在这一刹那，我身上迸发出强烈的紫金色光芒，那是要变身成奇美拉形态的前兆。我勉强抑制着内心的冲动，强行压制着不让自身变为奇美拉，这种时候，我终究是不能那样变化的。

而在我这一声怒吼中，那条三头蛇的身体剧烈地颤抖了一下，空中的青色光芒也随之消散。

我这一飞用出了全力，下一瞬就在空中接住了赫本。

顾不上去管空中那个家伙，我赶忙向赫本看去。赫本的口鼻满是鲜血，脸色更是苍白如纸。

我的意识瞬间钻入她的精神之海，她的精神之海已经被震裂，导致她的精神极度紊乱。幸好她刚刚突破到六阶，精神之海还算坚实，否则的话，精神之海一旦在精神穿刺下彻底崩溃，她就真的死了。

我赶忙用自己的意识去稳固她的精神之海，小心地将那一道道裂缝修复。可就算如此，这次她的精神之海也受到了极大的创伤，流失的精神力必然会导致她的修为有所下降，甚至很可能从刚刚进阶的六阶跌回五阶。

第25章

出战，伟大的奥斯汀格里芬

我很清楚，这个女人有多么渴望成为强大的魔法师。修为跌落，一定会让赫本极其难过，尤其是她付出了这么多努力，好不容易才达到六阶。

当我再次抬起头，我甚至都能够想象到自己的双眼是血红色的，因为我愤怒的气血正在上涌。

空中的那条三头蛇在听到我刚刚那一声怒吼时，从空中坠落了百米才稳住了身躯，气息明显很不稳定，它那三个蛇头看着我的眼神带着恐惧。

不只是它，连远处龙骑士身下的巨龙，都在不安地躁动着。而这一刻，所有的视线都集中在我的身上。

我抱着赫本，落在地面上。这时，两股熟悉的气息出现在我的身边，不用看我都知道是谁来了。

胖老头和瘦老头，一左一右，分别站在我身体两侧。

“奥斯汀，不要冲动。”胖老头一只手抓住了我的肩膀。瘦老头则来到我身前，探查赫本的情况。

“她的精神之海差点崩溃，我帮她稳住了。”我平静地说道，然后将赫本交到胖老头手中。

瘦老头抓住了我另一边的肩膀，皱着眉向我摇了摇头。

我目光平静地看着他，说道：“老师，不让我去，我这辈子都不会开心。”

瘦老头愣了一下，下一刻，他的眼神就变得阴冷了，然后他松开了抓住我肩膀的手，恶狠狠地道：“那就彻底打败他。能不能做到？”

另一边的胖老头愣了愣：“西迪……”

瘦老头从我身前让开，向胖老头道：“他什么性子你不知道吗？让他去吧。也让帝国知道，魔法塔不只是加满都城有，我地戎，也有！”

胖老头苦笑道：“可他还只有十岁。”

瘦老头道：“他哪里像是十岁了。”

他们的声音在我耳边环绕，但这一刻的我，却抬着头，眼中只有空中那硕大的三头蛇。

我抬起右手，指着帝罗天：“你，敢接受我的挑战吗？”一边说着，我手一抖，手中号牌飞向了之前抽签的光球。

“够了，这不合规矩。退下。”半空，空间法神唐凌也在看着我，我能感觉到她那审视的目光。

她是怕我耽误时间？我才不管她！

帝罗天也像是没有听到唐凌的话似的，他站在三头蛇背上，向我勾了勾手指。

炽烈的红光在我身上绽放，下一瞬，我就在火焰的推动下弹射而起，整个广场上空的空气在这一瞬都呈现出淡淡的红色，那是火元素变得浓烈的迹象。受到我的气息牵引，这里所有的火元素，甚至包括神之塔方向的火元素，都朝我疯狂地涌来。

那巨大的三头蛇三个头都在看着我，眼神之中透露着恐惧，那不是对我此时所凝聚的火元素的恐惧，而是对我那奇美拉血脉的恐惧吧。所有在场的巨龙，也都用类似的眼神看着我。不知道它们的身体是不是在颤抖。

今天，就让你们感受一下伟大的奥斯汀格里芬的愤怒！

尖叫声就在下一瞬响起，还是中央那个蛇头，精神系的特殊存在。精神穿刺直接就朝我爆发而来。这条三头蛇，已经是九级魔兽了，足以媲美八阶强者，而且身体强度远在人类八阶强者之上。

我没有动，仍然飞翔在空中，任由精神穿刺命中我。我轻蔑地看着三头蛇。

就凭你？也想撼动神的意识？

此时的我，已经比之前冷静了许多，毕竟，赫本还活着，一切还能补救。

这三头蛇身上，多少也有一些龙族的血脉，而龙族本来就是照着我的气息创造出来的种群，我虽然很讨厌创世，但不得不说，他还是有眼光的。

我调动本源的血脉气息，凝聚于双眸，向那三头蛇中央的头看去。这是来自伟大的奥斯汀格里芬的凝望！

“吱——”那个蛇头发出一声惨叫，顷刻之间，它的双眼就受了重创，连带着帝罗天都是浑身颤抖，脸色一下就变得苍白了。

这三头蛇乃是他的本命召唤兽。本命召唤兽受到重创，他自然也不会好受。

有我血脉的魔兽在我面前也敢对我发起攻击？别说是这三头蛇了，就算是龙族都不行。我可是龙族的祖宗！

我右手抬起，指向帝罗天。背后没有之前赫本那样的光影凝聚，什么火神，配在我身后吗？当然不配！

一道纤细的金红色光芒从我手指之中射出，赫然还是火神一指。但我用的火神一指肯定跟赫本的不一样。我的是瞬发，而且更加强大。七阶魔法怎么了？在我这里，一样是瞬发。

帝罗天那三头蛇的另外两个蛇头赶忙发出攻击想要阻挡，它们应该分别是黑暗与毒素属性。但在我的凝视之下，它们的行动都变得迟缓了。

一只硕大的蛤蟆就在这时候出现在帝罗天面前，正是最初抵挡赫本爆裂火球的那一只。这蛤蟆张开嘴，试图吞噬我的火神一指。

“砰！”下一瞬，蛤蟆被我解决了。不过，它还真的为帝罗天挡住了这一击。

终于知道它是什么品种了，替死蛤蟆，这玩意儿就相当于是帝罗天的另一条命，珍贵程度恐怕不逊色于那三头蛇。

帝罗天此时已经醒悟过来，赶忙就要再次召唤魔兽，同时控制着三头蛇向我攻击。

龙族是所有魔兽之中最强大的种群，而我又是龙族的祖宗。在我面前，他这个召唤师要是还能蹦跶，那我就不配是伟大的奥斯汀格里芬了。虽然我现在还没能突破所有封印，也就是相当于人类八阶左右的实力，但想要和我抗衡，换成之前那个奥古斯丁还有几分可能。当然，他的龙在我这儿也没用。

我的右手就没有收回，又是一道火神一指。赫本刚才用的这个魔法，我就也用这个。就这一个魔法！

金红色的火线再次射出，这一次，三头蛇反应过来，释放魔法抵挡。

火神一指虽然只是七阶魔法，但却是七阶魔法之中个体攻击力最强的，论威能甚至能媲美大范围八阶魔法单点攻击的力量了。

“砰！”三头蛇左侧的头被我一指干掉了。受到血脉的压制，它连三分之一的力量都发不出来。

“我认……”帝罗天的眼中出现了恐慌，他想要认输。他现在肯定比赫本之前更害怕。在我面前，召唤师算什么？

“闭嘴！”我冷喝一声，精神力直接冲击在他身上。这会儿想认输了？刚才赫本要认输的时候，你是怎么做的？

空中，传来一声大喝：“住手吧！”

来自古斯塔帝国的三大通灵者之首，王聪晟沉声喝道，眸光随之凝视着我。

第26章

伤害赫本的必须死

“嗷——”我口中发出一声龙吟。王聪晟身下，那个巨大的蛇头在我的咆哮声中骤然颤抖了一下，以至于王聪晟的精神也瞬间变得恍惚了。那巨头魔蛇是他的本命召唤兽，受到我的血脉镇压，它自然也会有反应。

这巨头魔蛇显然是强大的十级魔兽，可那又如何？血脉上的差距是修为能够抹平的吗？

火神一指、火神一指、火神一指！

三头蛇的三个头都被我点了一击。我那一声龙吟，震慑的不只是巨头魔蛇，距离更近的三头蛇直接就被我彻底镇压了。

三个蛇头崩溃的时候，帝罗天已经受了重伤，我保证他说不出认输的话。

然后我就来到了他的面前，抓住了他的手。

“刚才是这根手指向我勾的吗？”我用力捏他那根手指。他叫得还挺大声的！

“住手，够了！”在场的三国强者都在冲我说话。

我听力不太好，就当没听见吧。我捏着帝罗天的脖子，将他举了起来。

在他想杀赫本的那一刻，我就下决心不会放过他。我怎么可能让别人伤害她？

我从空中落了下来，从呆呆的胖老头手中把赫本接了过来：“走啦。”说完，我就向神之塔走去。这会儿，这里这么多人，九级的我还很难对付，不过，召唤师除外。还是先回塔里躲一躲。

至于怎么善后，和我有什么关系。

神之塔那些法神只要不是傻子，就知道该如何对待我。伟大的奥斯汀格里芬可以允许他们供养。

是的，在过去的五年，我已经拥有了八阶的实力。封印的逐步开启，令我修炼的速度变得更快，我甚至都感受到剩余的封印已经在松动了，而且，我真正的力量，就在这最后的封印之中。

抱着赫本回到房间，我把她放在床上。

我用手掌按着她的额头，趁着她还没醒过来，我捏了捏她的脸。嘿嘿嘿，这种时候，她反抗不了吧！以前我要是捏她一下，她非要缠着我捏十下不可，不让她捏，她还哭。明知道是假哭，可我还是没办法。现在，她都昏迷了，不知道我捏了她，总不能报复我了吧。

我开始用意识为她修复精神之海，为了这个女人醒来以后不发疯，怎么说我也要帮她保住六阶修为，并且不能让精神之海有后遗症啊！唉，我就是劳碌命。

外面什么情况我是不知道的。反正一直到晚上，胖老头和瘦老头才一起来找我们。

赫本还在沉睡，我已经为她修补好了精神之海，但她还是需要时间休养，我就没有弄醒她。

胖老头和瘦老头站在我面前看着我的时候，眼神中满是不可思议。也不知道他们是不是已经保持着这样的眼神一天了。

“干吗这样看着我？”我懒洋洋地坐在躺椅上。魔法师好像都喜欢躺椅，地戎魔法塔那边是这样，这边也是一样。每个魔法师休息的地方都有这玩意儿，别说，是挺舒服的，适合我。

唉，饿了。那个满口谎言的女人睡得倒是踏实，可怜伟大的奥斯汀格里芬却只能饿肚子。

“你需要告诉我们，你是如何震慑三头蛇甚至是巨头魔蛇吞噬者的。法神们需要一个答案。”胖老头苦笑道。

瘦老头道：“何止是那两条蛇，没看这小家伙叫唤的时候，连龙骑士的坐骑龙都在躁动吗？这很重要，你究竟是怎么做到的？”

“天赋异禀，血脉压制！我可是伟大的奥斯汀格里芬。”不屑于骗他们，我就说了实话。

“你哪来的血脉压制？你一个魔法师，血脉压制巨龙？”胖老头一巴掌向我拍来，我赶忙一缩头，躲开了。

瘦老头道：“我们跟神之塔说，你已经二十二岁了，是我们地戎的第一天才，经过多年的培养才成长的。这个你可不要说漏了，之后估计他们还会询问你。”

我翻了个白眼：“询问什么？多麻烦。等赫本醒了，我就跟她回地戎了。怎么回复你们看着办吧。”

胖老头怒道：“什么叫我们看着办？我们能怎么办？你知不知道，

你一走了之倒是轻松。今天差点挑起国战。如果不是奥斯曼帝国没有站在古斯塔帝国那边，今天麻烦就大了。好不容易才压制住古斯塔帝国，庆典都没能继续进行下去。现在六大法神让我们带你过去，询问你的具体情况，并且要检查你的魔法。”

“不去！”我才不想跟他们多废话呢。检查我干什么？

我从躺椅上站起来：“你们就跟他们说，我是龙神和人类的后代，身上有龙神的血脉，所以对所有龙族都有天然的压制作用。这次触动了我血脉的力量，我必须好好休养，否则的话会留下后遗症。”

胖老头和瘦老头面面相觑。胖老头忍不住问道：“你说的是真的？”

我不耐烦地道：“我父母你们又不是不认识，你让那些法神以为是真的就行了。我就是不想跟他们应酬，我是什么属性，你们都不知道探查过多少次了。你们不要再来烦我了，我很累了。”

肚子饿的时候，我的脾气不会太好。

胖老头和瘦老头终究还是走了，又能清静一会儿了。

不过，还是不能在这里停留了。毕竟，我这震慑巨龙的能力太强，那些法神的修为境界可不一般，尤其是那个唐凌，很强。万一他们非要全面检查我的身体，引起我变身就麻烦了。一旦在他们面前变成奇美拉的样子，恐怕直接就会被他们关押起来吧。

我今天确实是有些冲动了，不过，我也不后悔，谁让那个浑蛋伤害了赫本。但我当时应该更多地用魔法的力量来击败他，不应该图省事动用血脉的力量。

不过，现在说什么都晚了。事已至此，就这样吧。

想到这里，我站起身，来到床边，一把将赫本抱了起来。淡淡的黑色光晕从我身上散发而出，我们两个直接就融入了阴影之中。这是黑暗魔法之中的阴影术，用来潜行再合适不过。

出了神之塔，外面广场上还有强烈的元素波动。我抱着赫本在阴影术的掩盖下迅速离去，来时的路我是不记得了，我可是坐马车来的。不过，出城的路我还认识。

今天的加满都城依旧是那么热闹，在离开的过程中，能够听到几乎随处都是讨论今日我那一战的。我和帝罗天的一战，热度显然已经超越了伊娜公主与那个奥古斯丁的一战。毕竟，伊娜还是输了的，而我现在可是斯曼帝国的英雄。

出了加满都城，我选择了回地戎的方向，就抱着赫本飞了起来。

飞行了几个小时后，我才带着她在一片山林中停了下来。

第27章

这样的我，你能接受吗？

都怪创世那个家伙，要不是他封印了我的力量，我还用躲躲藏藏的？等我的封印彻底解开，重新恢复伟大的奥斯汀格里芬的荣光之后就没什么可怕的了。到那时候，再让他们供养我。

赫本睡得很香，我生了篝火。我倒是不累，但实在是饿，饿了怎么办呢？睡觉吧。睡觉就会忘记饥饿。

渐渐地，我也沉沉地睡了过去。

不知道睡了多久。

疼，怎么这么疼啊？

我迷糊地睁开双眼，然后就感觉到自己已经没办法说话了。试问，谁的脸蛋被向两侧强行扯开之后还能张开嘴呢？

而在我面前的，正是那个不知道感恩的女人，她竟然还用双手同时扯着我两边的脸蛋，拉啊拉的。

"这是哪儿？你怎么把我弄到这儿来了？"

"呜呜呜！"你扯着我的脸，让我怎么回答？

"你知不知道拐卖少女是重罪？"

“呜呜呜！”我拍着她的手。

“这么小你就不学好！”

“呜呜呜！”我眼泪都要出来了，这个无情的女人。

“哼！”好不容易，她终于松开了捏着我脸的手。

“呜呜呜！”

“我都松开手了，你还呜呜个啥？”

“我疼啊！你这个无情的女人。”我好不容易才缓过来，用力地揉搓着自己的脸。

“这是哪儿啊？”赫本看看四周，疑惑地问我。

我没好气地瞪着她：“没有我，你昨天就死了，知道不？是我救了你，你就是这么对你的救命恩人的？”说着，我指着自己的脸，肯定被她捏红了。

赫本眨了眨眼睛，似乎回想起了昨天的一些情况：“昨天后来怎么了？”

我义愤填膺地把昨天她晕倒后发生的事情讲了一遍。

听了我的讲述，她瞪大了眼睛，正在我以为她会向我虚心认错的时候，她竟然又一把捏住了我的脸。

“谁让你杀人的？啊？你怎么这么凶残，动不动就杀人？”

“呜呜呜！”是他要杀你的啊！那是竞技场啊！

“当着那么多人的面杀人，你给老师找了多大麻烦你知道吗？”

“呜呜呜！”是我自己麻烦更大好不好？

我好不容易再次拉开她的手：“你这个无情的女人，难道一点都不感动吗？是我救了你啊，还帮你修复了精神之海。你就这么对你的救命恩人？”

“那你也不能杀人啊！”赫本一脸的痛心疾首。

“他要杀你啊！”我看她好像是真的生气了，不禁有点慌。

赫本看着我，她的眼圈有点红：“奥斯汀，那天在餐厅，你可以说是无意为之，你的火焰魔法威力太大，误杀了人。但是，你要记着，无论是魔法师还是普通人，都是人类。虽然在这个世界没有公平，但在我们心中应该有公平。我们要善待每一个人，你还小，还不能明辨是非，在当时那种立场下，双方是敌人，对方对我出手也是因为这个。你救下了我就可以了，不应该杀人。我不希望你以后成为一个冷血的魔法师，你明白吗？”

说着，她的大眼睛里流下了泪水。

“你别哭了，我知道啦！”我无奈地说道。

“是我没有教好你，都是我。”她哭得更大声了，一把把我搂进了怀里。

在她温暖的怀抱中，我的心也好像软了下来：“对不起啊！我以后不会这样了好不好？你别生气了。”

这么屈辱的话是从我嘴里说出来的吗？奥斯汀格里芬，你究竟在干什么？

“这次的事情影响这么大，你该怎么办啊？”赫本擦了擦泪水，低头看着我问道。

“这个我想好了。”我对她说道，“我们先不回地戎了，我怕魔法塔的人找我麻烦，非要给我做检测。我想等我修炼到九阶法神那个境界之后再回去。到了那时候，自然一切就都没有问题了。”

“你为什么怕他们检测啊？就算检测到你天赋好，也应该更加保护好你才对吧。毕竟，斯曼帝国最看重的就是强者。未来你是一定能够成为法神的。”

我沉默了一会儿后，道：“赫本，我有个秘密想告诉你。其实我早就想告诉你了，又怕你接受不了。”

“什么秘密？难道你还真是龙神血脉传承？你爸妈都没有龙神血脉啊！”赫本笑了笑。

我从她怀中坐直身体，目光灼灼地看着她，道：“如果我告诉你，我真的是呢？而且，我本身就是龙，不是人类。”

“啪！”

“哎哟，你怎么打人！”我正在跟她讨论严肃的问题，她为什么打我？

赫本没好气地道：“你妈妈十月怀胎生下你，连生你的时候都有魔法录像记录。你说你不是人？你这不是在骂你妈妈吗？这一下是替你妈妈打的。”

我一阵无奈：“那你看着！”

说着，我站起身，然后向后退出几步，我决定要告诉她了。这次的暴露，其实已经让我的血脉很难隐藏。别人我可以不说，但对她，我却不想隐瞒。早晚都会让这个世界知道我是伟大的奥斯汀格里芬的，我的本体是奇美拉，并不是人类，虽然我是以人形转生的，但我终究还是我啊！如果她不能接受我的本体，那也让我早一点知道比较好。

赫本好奇地注视着我，她刚要说什么，我却已经开始变身了。

紫金色的光芒从我的额头上亮起，紧接着，我的身体开始变大，撑破了身上的衣服，晶莹剔透的紫色鳞片从我皮肤下浮现出来。我的身躯变得越来越庞大，很快身长就超过了三十米。

一个个头钻出，整整六个大头从庞大的身体上分离出来，每一个头都有着不同颜色的眼眸。

当我显出本体的时候，空气中的各种属性魔法元素，甚至是天地元气都向我的身体蜂拥而来，被我吸收吞噬。在本体状态下，我对这些元气的吸收速度会大幅度地提升。在地戎魔法塔的时候，只要确定不会有人来打扰，我都会这样进行修炼，所以才能修炼得如此之快。

不久之前，我刚刚完成突破，拥有了第五和第六个头。这也让我的修为提升到了八阶，相当于人类圣魔导师的水平。而且，每一个头就代表着我的一种属性。

除了最初的黑暗属性与火属性外，另外四个头分别是风属性、毒属性、土属性和水属性。

所以，现在的我已经是拥有六大属性的六头奇美拉了。

赫本像是被吓到了，看着我庞大的身躯，看着我那六个头。一时之间，她似乎整个人都呆滞了。

我匍匐在地，六个头探到她身前不远处，对她说道：“这样的我，你还能接受吗？你还愿意和我在一起，做我的侍从吗？”

第28章

哪里小了？

我在问出这句话的时候，不知道为什么，心里是慌慌的，我真怕她给我一个否定的答案。

但这也是向她解释清楚为什么我能震慑三头蛇、巨头魔蛇甚至是巨龙。

赫本站了起来，缓缓地向我走了过来，走到我有着红色双眼的火焰头面前，抬起手。

嘿嘿，我这龙头上可都是鳞片，你捏不了我的脸了吧。我把火龙头凑到她面前。

赫本摸着我的火龙头，轻轻地摩挲着上面的鳞片，就在我忐忑的等待中，她终于开口了。

“你能飞吗？有翅膀吗？”

我愣了一下，点点头，背后一双巨大无比的龙翼随之张开，顿时，空气中向我汇聚而来的元素顿时变得越发浓郁了。这双翼是长出第五和第六个头之后，同时长出来的。

“好帅哦。这么说，以后我就是龙魔法师了？还是六头龙的龙魔法师。”这个女人的眼睛亮晶晶的，看着我一脸的亢奋。

这次轮到我惊呆了，我还在担心她能不能接受，她却想骑我？这个女人的脑子是怎么长的？

我的嘴角抽搐着，匍匐在她面前，她毫不客气地跨上了我的火龙头。

我竖起火龙头脖颈上的鳞片，将她的身体固定住，吸收着空气中的火元素，缓缓注入她体内，让她能够感受到自身气息增强了。

她抚摸我的头："奥斯汀，你真的不是人类吗？"

"我是人类。出生在这个世界的我，就是人类。或者说，我是奥斯汀格里芬，但我同时还有属于奇美拉的记忆。对，我的本体叫奇美拉，是所有龙族的始祖。龙族就是由奇美拉的血脉变化而来的，所有的龙族、蛇类都是。所以，那些家伙在我的血脉压制下很难反抗。

"我有点不知道该如何跟你解释，其实从某种意义上来说，我算是神，却被某个比我更强大的家伙在身上施加了封印，无法发挥出神的力量，我的意识无意中飘荡到了这个世界，不知道怎么就被奥黛丽吸入肚子里，又把我生了出来，让我在这个世界有了身体，然后，我就变成了人类。

"通过修炼，吸收这个世界的元素能量，我身上的封印逐渐解开，拥有了力量，所以才会成长得这么快。在我拥有魔法力量的同时，我封印中的力量被释放，就有了变身的能力。所以，我可以说是人类，也可以说是奇美拉。"

"我明白了。放我下来吧。"赫本说道。

我低下头，将赫本放回地面，然后看着她，问道："这样的我，你真的能接受吗？”

在这一瞬，我发现她的眼神是有些慌乱的。

“你先变成人类。”赫本说道。

我收敛自身气息，重新变回了原本人类的模样。

还没等我开口，这个可恶的女人居然瞬间就捏住了我的脸，然后扯动我脸上的肉，让我连说话都没办法。

“你这个臭小子，从哪里学会这么个骗人的幻术，不好好学魔法。你给我记住了，以后不许再用这个幻术，听到没有？尤其是当着别人的面，一定不要用。明白吗？”

她的声音有点凶，但从她的眼神中，我看到了担忧。

“呜呜呜！”

赫本松开手，让我又恢复了说话的能力。

“我还会变得更加强大的，等我有了超越那些法神的力量就什么都不用怕了。赫本，我能变身，你能接受吗？”我向她说道。

赫本看着我，向我露出一个迷人的微笑：“你在向一位美丽的女士询问问题的时候，能不能先穿上衣服？”

“啊？”我这才发现，变回人类的我，身无寸缕。可恶，我忘了，以前在房间里都是脱了衣服才变身的。

我惊慌地从储物戒指中拿出衣服套上。可等我穿好了衣服之后，连向她询问的勇气都没有了。

“能变身没什么不好的。你不用担心，但就像你说的那样，在你足够强大之前，不要让任何人知道。好吗？”赫本来到我身边，轻声向我说道。

我沉默了，其实我能感觉到，她还是在意的。但我不后悔展示给她看，毕竟，我想让她看到真正的我。

赫本正色道：“即使能够变身，你的年纪还是太小了。”

“我哪里小了？”我愤怒地说道，最讨厌她说我小，虽然作为人类我年龄不大，但实际上，我的身体已经和成人没有任何差别了。

“反正，你好好努力长大吧。”

不能再跟这个可恶的女人说话了，不然我觉得我会被她气死的。

“可恶，真的是可恶！”我恨恨地走向一旁，永远都说不过她，真的很无力。

“饿不饿？我给你弄点吃的吧。”赫本柔声向我说道。

“吃东西？”我瞪大了眼睛。

“嗯，我这儿有食物和水，我们随便吃点。”

我们都有火系魔法，加热食物自然是再简单不过了，普通的烧饼在赫本手中很快就被烤得焦黄酥脆。这个我真不行，换了我，直接就化为飞灰了，我的魔法和普通魔法师的不同，始终都有种比普通魔法元素多出一些能量的特殊属性。这也是为什么之前那一个抗拒火环就直接铸成大错。我也不想这样的，但我也没办法啊！

吃着东西，赫本问我：“你打算怎么办？咱们就这么一走了之也不是事。其实，你是斯曼帝国的英雄，代表国家战胜了强敌！虽然将对手击杀了，但在敌对的情况下，对方之前也要杀我来着，这也不算什么。你回去一定会得到重用的。”

我摇摇头：“恐怕会有麻烦。我那威慑龙族的力量，就算他们当时没反应过来，过后也肯定会很快就反应过来的。那不是普通魔法师能够拥有的。连巨头魔蛇那种十级魔兽都受到我的威慑，加满都城魔法塔那些法神会怎么想？他们的实力在我之上，如果刻意探查我的情况，我怕我的变身无法隐藏，那样的话，恐怕会很麻烦。我想在外面修炼，不断地提升自身，等我拥有能够媲美法神的实力时再回去，到了那时候就不怕了。”

第29章

返回地戎

赫本眉头微蹙，道：“你的担心我明白。但你想过没有，我们就这么一走了之，老师们怎么办？他们一定会被加满都城责难，被追问我们的去向。你本来做的是英雄的事，却逃走了，这很容易带来不必要的麻烦。”

“那你说该怎么办？”让她这么一说，我也多少有些担心了。胖老头和瘦老头这些年对我真的很好，虽然他们两个经常会为了谁是我的授业老师而争吵，但对我却都是真心的好。这次肯定给他们惹麻烦了。

赫本想了想，道：“不如，我们回地戎吧，回地戎魔法塔。咱们的塔主也是法神，再加上两位老师肯定会护着你的。到时候，只要咱们魔法塔不同意，就算是加满都城魔法塔也不能随便把你带走吧。就说你有所领悟闭关了不就行了。而且，在魔法塔你修炼的速度会更快，你就真的闭关修炼，直到有了法神的力量再出来，不也一样吗？只要我们回去了，老师们自然就不会再为我们担心了。这次你展现出了这么强大的力量，塔主也一定会护着我们的。”

“也行。”我想了想她说的话，确实有道理。在地戎魔法塔修炼，我的修炼速度是相当快的，仅次于在之前那个神之塔了。按照我现在的修炼速度，真的用不了几年，应该就能冲破创世施加在我身上的所有封印，到了那时候，这个位面哪里还有什么力量能够限制住我啊！

“那我们现在就往回走？你认识路吗？”我向赫本问道。

“那也不用这么急。你再变成奇美拉的样子让我玩玩，不，让我看看。”她笑眯眯地跟我说。

我犹豫了一下，但还是按她说的变身了，我想让她熟悉一下我变身后的样子，毕竟这样的我才是最强大的。熟悉了以后，她应该就不那么害怕了。毕竟，她是我的侍从，侍从总不能太害怕自己的主魔法师。

半个小时后，我就服了这个女人。她熟悉的速度也太快了。

“奥斯汀，你这个毒头我就不坐了，感觉太阴森了。其他的这几个都不错哦。我喜欢小蓝，你看这个蝴蝶一样的角还挺好看的，还有水元素的包覆，特别温软。嗯嗯，小红我也挺喜欢的，它使我的火元素有明显的增加哦。以后我要是骑着你战斗，化身为六头奇美拉魔法师的时候，我就骑小红好了，绝对实力超强。我现在也是六阶的大魔导士了呢。原来我才是斯曼帝国年青一代的第一人，六头奇美拉魔法师。是不是比那个伊娜公主酷多了？”

她在我的每个头上都骑了一下，而且乐此不疲，似乎还越来越亢奋了，让我为她演示各种魔法，还主动跟我搭配。话说，就你那点力量，跟我搭配什么啊？多你不多，少你不少的。

“奥斯汀，你真是太不好了。”好不容易她玩够了从我头上下来，结果第一句话竟然是责问我。

“我怎么不好了？”我义愤填膺地问道。

赫本撇了撇嘴，道：“你为什么不早点告诉我你会变身？”

我翻了个白眼：“好早点让你骑着玩吗？”

赫本摇了摇头，眼中带着几分畅想道：“要是你刚会变身的时候就告诉我，我就可以陪伴着你一起成长，看着你慢慢长大了。这些年，真是错过了呢。我一直以为自己是陪伴着你成长的，没想到却错过了最重要的一环。”

我愣了愣，不知道为什么就不生气了。

“走吧，回地戎吧。”

这次，我找了个她看不到的地方，变回了人形，重新穿上衣服。

回地戎的路，我们俩都不认识，但是，这并不能影响聪明的奥斯汀格里芬。路过一座小镇，买上一张地图，再认准方向，我就带着她飞啊飞，直接飞回了地戎。凭借着多种魔法的掩盖，在高空中飞行，除非是法神，否则是不可能发现我们的。

我们回来的时候，胖老头和瘦老头都还没回来。我听从了赫本的建议，决定要恶人先告状，所以，我们直接找上了塔主。

地戎魔法塔塔主，光明法神水钰酒，就是四年前的白袍老头。

他看到我还挺惊讶的。

“奥斯汀，你们怎么这么快就回来了？参加完庆典没在加满都城玩几天？西迪和祝荣呢？”

在地戎魔法塔这边，从来都没什么规矩束缚我，自从我在八岁那年突破六阶之后就是如此了。是水钰酒这白袍老头自己说的，我什么时候想见他都可以。

“喀喀，塔主，我有点事儿，就先回来了。我最近感觉我好像要突破了，所以打算回来闭关。您也知道，我这天赋这么好，神之塔那边的法神想要把我留在那边，但我还是喜欢咱们地戎，就自己先跑回来了。”

“什么？你在那边暴露了修为？”白袍老头是早就知道我已经八阶了的。

“是啊！参加了个比赛，打败了一个古斯塔帝国来的家伙，就暴露了。然后我看那些法神看我的眼神好像都不太对，就自己赶快找了个机会跑回来了。”

我这番话都是赫本教我说的，她说这叫半真半假，或者说也没什么是假的，就是避重就轻而已。

“好孩子！回来就好。你要闭关吗？那就去吧。放心吧，只要我还有一口气在，就没有谁能把你从地戎魔法塔抢走！”白袍老头在说出这番话的时候，气势是相当惊人的。不愧是法神，虽然在法神之中，他估计也是垫底的那种。

“好，那我就去闭关了。”

搞定！

从白袍老头那儿出来，我就忍不住跟赫本击了个掌，别说，她出馊主意还真是在行啊！

“现在就闭关吗？”赫本问我。

“嗯，闭关吧。我也不知道多久才能突破，但肯定不是一蹴而就的。我能感觉到，现在想要继续突破比之前要难，但只要积累得足够应该还是没问题的。你不也是勉强刚到六阶吗？跟我一起闭关吧，稳固一下修为，你都知道我的秘密了，我会把气息多释放一些出来，帮你凝聚火元素，你也会修炼得快一点。”

“你主要是为了拉着我每天给你做饭吃吧？”

“你怎么知道我饿了？不愧是我的侍从！”

回到地戎的感觉真的很不错啊！还是这里好。

回到了我们的住处，我就开始闭关了，是真的闭关。

这次虽然我战胜了那个帝罗天，看上去挺轻松的，但我能够感觉到，在场那些法神、龙骑士、通灵者，都比我强，而且数量竟然有这么多。伟大的奥斯汀格里芬一定要早日变得比他们更加强大才行。等我成为这个位面最强大的存在，那不是想怎么玩耍就怎么玩耍吗？每天晒晒太阳，吃着赫本做的饭，想想就美滋滋的。

为了今后美滋滋的生活，现在就要努力一些了，我要抓紧时间，认真修炼，早点把创世的封印破掉。

我闭关了大概一周，听赫本说，胖老头和瘦老头回来了。

第30章

一封信

这会儿就体现出赫本之前让我对白袍老头说的那番话的厉害之处了。首先我是有所感悟所以抓紧时间跑回来闭关的，这就解释了为什么我都没有告诉他们就跑了回来。感悟这玩意儿不等人啊！而且我还刻意跑回地戎，而不是留在神之塔，这还有什么可说的？他们感动还来不及呢。然后就是表达了我不愿意加入神之塔的意愿。

赫本后来告诉我，神之塔那边的法神们果然要找我谈话，想要更多地了解我。但我这一失踪，让神之塔翻了天。

他们的第一反应就是我被奥斯曼帝国和古斯塔帝国给抓走了。据说几名法神还特意追上了两国使团索要我。

这就跟我没什么关系了。反正我现在是闭关状态。

胖老头和瘦老头这次也不是单独回来的，和他们一起回来的就有一位来自神之塔的法神。法神听说我已经回到了地戎，就说要带我回神之塔去，被白袍老头断然拒绝了，当然，还是以我闭关为由，就说我闭关结束之后就去神之塔。

至于什么时候闭关结束，那还不是我说了算吗？

这一关，看上去是过去了。

正所谓，万事就怕“认真”二字，伟大的奥斯汀格里芬一认真起来，修为提升速度，那绝对可以用“一日千里”来形容。我在赫本面前也不用掩饰什么了，还有她给我打掩护，我堂而皇之地用六头奇美拉的本体来吸收魔法元素。

地戎魔法塔虽然不如神之塔，但我的吸收力量可要比那庆典的力量更加强大，以至于白袍老头他们都觉得最近地戎这边的魔法元素整体变得浓郁了不少。实际上，那是因为我通过地戎魔法塔吸收来了更多的魔法元素。

在认真修炼的状态下，我明显能够感觉到，按照这样的速度修炼下去，我冲破封印的时间很可能要比我想象中更早一些。

感受到创世最后那一道封印每天都在我的冲击下有所松动，我现在对创世的恨意没有以前那么强烈了。反正都要冲开封印了，那个家伙也已经不在了，不可能回来了。虽然我不如曾经的他那么强大，但我也不会去干创造世界这种费力不讨好的事情啊！那我岂不是就成了宇宙之中最为强大的存在了？没办法，谁让我是伟大的奥斯汀格里芬呢？

只是不知道我冲破最后一道封印之后，还会长出几个头来。头这么多，也有些累赘吧。

最近我感觉自己的血脉变得十分亢奋和冲动，我估计，起码还要长出两个头来。

我的终极形态会是八头奇美拉？还是说会有更多头？

不知不觉间，回到地戎魔法塔已经三个月了。这三个月，我确实是一直在特别认真地闭关。

赫本一直陪着我闭关，有我牵引来的庞大魔法元素，她也获得了不小的好处，反正要比她自己修炼效果好得多。

伸了个懒腰，我走出了自己的房间。

赫本正坐在那儿冥想呢。

我悄悄地走到她身边蹲了下来，悄无声息地抬起双手，正当我准备捏住她的脸的时候，她那被长长的刷子似的睫毛覆盖着的眼睛，猛然睁开，吓得我瞬间就弹跳后退。

“你想干什么？”赫本那挺好看的眼睛里面，为什么有凶光？有凶光就不好看了啊！

“没事、没事……”我吹着口哨，抬头望天。

然后，我的脸就被她掐住了。

“疼、疼，你轻点。我的脸皮都让你捏厚了。”我很无奈。真是惹不起她啊！

“想要趁着我冥想偷袭我是吧，哼！看我怎么收拾你。”

“赫本，你听我说，我有事跟你说。”我立刻转移她的注意力。

“什么事？”赫本疑惑地看着我。

我认真地对她说道：“我们已经闭关三个月了，出去走走怎么样？我带你溜达一圈，我们还可以去拍卖会看看，吃点美食。你想干什么，我都陪你去。”

赫本明显是有些惊喜的，连连点头，道：“好啊！好啊！”

我俩出了魔法塔，第一站是回家看看，上次从神之塔回来得匆忙，都没顾得上回家去转一圈。这次暂时结束闭关，总要去看看。

一般来说，奥赛格里芬都不在家，他成天忙着商队的事，但奥黛丽是肯定在家的。唉，又要被她的口水洗礼了，真是没办法啊！

我家的院子很大，占地面积足有六亩，三层小楼有十几个房间。除了我们一家外，还有仆人一起住。

走进家门，家里的一切如常，仆人们看到我都面露微笑向我行礼。

“奥黛丽，我回来啦！”我朝主屋大声喊道。

每当这个时候，奥黛丽都会从里面飞也似的冲出来。她的三连击我都能背下来了。

首先就是惊讶地说：“啊！我的小奥斯汀又长大了。”然后就是抱着我啃，弄得我一脸口水。最后她就该哭了，说“妈妈好想你啊”之类的话。

我也很无奈，但又能怎么办呢?

来吧！习惯了。

可是，直到我走到主屋门口，那个熟悉的身影始终没有冲出来。

“奥黛丽！”我忍不住又叫了一声。

“少爷，您回来啦。”正在这时，老管家走了出来。

这位老管家好像从奥赛格里芬的父亲，也就是我的爷爷那辈就在我家了，所以，对这里的一切非常熟悉。但现在他也已经老得颤颤巍巍的了。

“管家爷爷，奥黛丽呢？”我疑惑地问他。

老管家道：“少爷，两个多月前，主母就出去了，到现在都没有回来。”

“两个多月前就出去了？跟奥赛走了吗？”我的第一反应是奥黛丽跟奥赛去跑商队了。

“不是的。老爷出去得更早，也一直没回来。老爷这次出去的时间可真长。”

“啊？那奥黛丽是跟谁走的？”我惊讶地问道。

老管家道：“那天来了客人，后来主母就急匆匆地跟着人走了。哦，对了，主母的房间里有一封信，是给你的。我去给你拿来。”

我跟着老管家到了奥黛丽的房间，见到了那封信。

“奥斯汀格里芬亲启！”看到信封上的字时，我就可以肯定，这封信不是奥黛丽写的，奥黛丽的字没这么生硬，比这个要秀气许多。

我扭头看向赫本，赫本也是一脸疑惑。

我撕开信封，从里面取出一封信来。

“奥斯汀格里芬，当你看到这封信的时候，你的母亲奥黛丽已经在我们手中。你可能不知道我们为什么要带走她。原因很简单，因为你自己犯下的错误，所以，你的母亲被我们带走了。还记得你在加满都城杀的人吗？杀人偿命，不能就这么算了。你带着这封信前往加满都城南方的雷银山，否则的话，就由你的父母替你偿命。记住，不要试图动用魔法塔的力量。如果地戎的魔法师也参与到这件事中，那么，你只会见到你父母的尸体。”

第31章

自责

除了文字之外，还有一张简易的地图，上面画着雷银山的具体位置，以及让我去的地方。

落款是“知名不具”。

看了这封信，我觉得头皮都要炸开了似的。

奥黛丽竟然是被抓走的，而且奥赛格里芬也被抓了，原因竟然是我在加满都城那个餐馆之中杀了人。虽然可以说是误杀，但我确实是杀了人。只是没想到，连累了奥赛格里芬和奥黛丽。

赫本也在我身边看完了信，她第一反应就是一把抓住我的手臂：“奥斯汀，别冲动，我们先回去，把这件事告诉塔主和两位老师，请他们拿主意。”

“不行！信上说了，如果老师他们知道了，对方会杀了奥赛和奥黛丽的。”我心中不只是愤怒，更有些慌张。

我现在才明白，自己竟然这么在意那个总是在我脸上留下口水的女人。是的，我现在真的有点慌。

“奥斯汀，你听我说，你现在要冷静。”赫本紧紧地抓着我的手臂说道。

“奥赛和奥黛丽被抓走了，你让我怎么冷静？放开我，我现在就去救他们。”或许是因为恐慌，我内心的怒火熊熊燃烧。

“奥斯汀，对方既然能够准确地叫出你的名字，那么，就一定知道你是谁。应该是在庆典那天看你出手认出了你，然后才顺藤摸瓜找到了奥赛和奥黛丽。都怪我，我不应该参加比赛的，那样的话你也就不会暴露，被对方认出了。”

“和你没关系。”我暴躁地道。如果不是还有一点理智，我就要甩开她的手了。

“奥斯汀，对方如果是看到你战胜了古斯塔的那个帝罗天，还敢抓走你的父母，那一定是有恃无恐，肯定早就已经准备好了圈套等你去钻。你不能就这么去啊！还是先跟塔主和老师们商量一下，再决定下一步的行动。对方既然是要报复你，那现在奥赛和奥黛丽应该还是安全的。”赫本苦苦劝说我。

“赫本，我等不了了。已经过去两个多月了，就算他们没有杀死奥赛和奥黛丽，但这么长时间，他们要承受多少折磨你想过吗？对方的目标是我，是因为我，奥赛和奥黛丽才承受这样的痛苦。我不能再等了，我先走一步，你去把这件事告诉老师他们吧。我必须现在就去，我一刻都不能等了！”

说着，我手臂一抖，将她的手抖开，就要冲出去。

“奥斯汀，我跟你去！”赫本叫住了我。

她快速走到书桌前，在纸上写了几行字，交给了旁边有些傻眼的老管家：“老人家，麻烦您把这封信送到地戎魔法塔，交给西迪大师或者祝荣大师。如果有人拦阻，您就说是奥斯汀的管家。我和他先走一步。”

说完，她把信给了老管家，就快步来到我身边，握住我的手：“我们走，我跟你一起。”

她的声音很坚定，当我的手被她握住时，我彷徨的心才算是好受了一些。顾不得隐藏实力了，在我背后，一双巨大的黑色翅膀舒展开来，用力一拍，就带着赫本从窗户处飞了出去，认准了加满都城的方向，全力加速。

自从来到这个世界后，我还从未像今天这样焦急过，甚至我都不敢去想，不敢想在之前这两个多月的时间里，奥赛和奥黛丽经历了什么。

应该是死在我手中那个青年的亲人做的。我犯了错，却让奥赛和奥黛丽受苦了。此时此刻，我内心的自责已经无以言表。

我将赫本搂在怀中，因为只有这样我才能全力提高速度。出了地戎，我就将之前的暗元素换成了风元素。在风元素的辅助下，我们风驰电掣一般在空中飞行。

赫本对我的拥抱没有反抗，只是紧紧地搂住我的腰，将面颊贴在我的胸膛上。也幸好有她陪伴，我才不至于因为恐慌而真的崩溃。

自从来到这个世界之后，我一直都过着十分简单的生活。奥赛和奥黛丽给了我一个温暖的家，同时也给了我优渥的生活条件，还有赫本陪伴着我成长。胖老头、瘦老头，再加上白袍老头，他们引导我认识了这个世界。

可以说，来到这个世界之后，我最熟悉的就是他们了。

但我万万没想到，只是离开了地戎一次，竟然就发生了这么多事。

赫本之前说的我也想过了。没错，对方明知道我是击杀了帝罗天的奥斯汀格里芬，还敢抓走我的父母，应该是有恃无恐的。

但是，击杀帝罗天的我，并不是真正的我，他们看到的，只是我的一部分力量而已。现在的我虽然还没有完成最终的突破，但我有六种属性，就相当于是六名不同属性的圣魔导师。哪怕是面对法神，我都不见得没有一战之力。

此时我已经用出了自己最快的飞行速度。有着之前回来的记忆，我的方向感是不会出错的。

从天亮飞行到天黑，再到天亮的时候，我就已经隐隐能够看到远方神之塔的塔尖了。

不过，这次我的目的地并不是加满都城，而是加满都城附近的雷银山。

我略微减慢速度，吸收着空气中的魔法元素，同时将那张地图取出来，查看雷银山的方位，以及对方让我前往的具体地点。

通过周围的景物以及加满都城将方位辨别清楚，我再次加速，带着赫本朝雷银山的方向飞去。

对于这里我并不熟悉，但当我进入雷银山的范围时，我却能够感受到，在这片山脉之中似乎有一些特殊的能量波动，天空始终阴沉沉的，空中偶尔有电光闪烁。

这里的雷元素格外浓郁，这是一种我没有的元素，至少现在的我还没有拥有。

我再次减缓了速度，调整着自己的状态。既然对方是敌对的，那么，很可能就要战斗。我必须以最佳状态来迎战对手。

“赫本，要不你别跟我去了。我怕会有危险。”我对赫本说道。

“不行，我是你的魔法侍从，你去哪里我就必须去哪里。我是肯定要跟你去的。别忘了，我们是有契约关系的。在契约关系中，如果你出现了危险，作为你的侍从，我同样会承受危险。如果你死了，我也不能独活。”

这就是侍从的不平等契约，如果主魔法师死了，那么，魔法侍从也要死。这是获得天赋共享的代价。反之，如果魔法侍从出事了，却不会影响主魔法师。

我有些无奈地摇摇头，把她一个人放在外面，我确实也不放心。

“好吧。”我深吸一口气，即将面对强敌，我反而冷静下来。无论是谁，如果真的伤害了奥赛和奥黛丽，我一定会让他们付出最为惨痛的代价。

第32章

雷银山深处

对方约定的地点在雷银山的深处，一座山谷之中。雷银山相当大，以我的飞行速度都在里面飞了一段时间，才总算是找到了这座山谷。

四周是陡峭的山壁，山谷深幽，周围明显有着魔法波动，似乎是有魔法阵化为屏障阻隔，若隐若现的雷电光芒令光线扭曲，无法看清山谷内的情况。

肯定就是这里了。对方竟然能够发动魔法阵来封锁这么大的山谷，确实不是普通存在啊！

想到这里，我略微调整了一下自己的心情，带着赫本落了下来。

赫本取出了自己的魔法杖。最近这三个月的苦修，她的六阶境界稳定下来，而且还有所提升，现在起码也是六阶三级的实力了。

“我是奥斯汀格里芬，应约前来！”我朝山谷的方向沉声喝道。对方既然已经做好了布置和准备，再隐藏下去也没什么意义。

面前的魔法屏障并没有开启。我再次大喝出声。

就在我开始等得不耐烦的时候，突然，一个低沉的声音从那山谷内传了出来。

“奥斯汀格里芬，想要见你的父母，就自己冲破屏障进来，看你有没有这个本事了。”

内心的愤怒瞬间令我的呼吸都变得粗重起来，“好！”我冷冷地说道，然后示意赫本到我身后。

我缓缓抬起手臂，闭上双眸，炽烈的火元素开始在我身前凝聚。虽然在凝聚火元素的时候我就发现，这里除了雷元素之外，其他各种属性的元素明显较少。

那又如何？我是伟大的奥斯汀格里芬。只要是有元素的地方，元素就会被我调动。

在我身后，金红色光影渐渐浮现出来。我不需要吟唱咒语，我想要施展什么魔法，直接施展就行。

那是火神的身影，只不过，这火神与赫本召唤的火神不同，我身后的火神，面貌是清晰的，与我长得一模一样，只不过有着一头红发。

这是我对自身火属性的应用，就像是六头奇美拉分出一个头来，化为了火神的样子，在我面前，有资格称为神的就只有我自己。

背后的火神迎风变大，整个雷银山，以及雷银山更远地方的火元素不断向我凝聚过来。之所以选择用火属性，也是为了赫本，浓郁的火元素能够让她也拥有更强的实力，稍后施展魔法的时候也会变得更容易。

“火神一指！”我冷声喝道。

在我背后已经高达二十米的火神上前一步，一指点出。强大的单体攻击爆发，直接点在防护罩之上，发出夺目光彩。

但是，那雷属性魔法阵也瞬间爆发出蓝紫色的电芒，仿佛有无数雷电都朝这个方向凝聚过来，竟将火神逼退了几步。

我不禁一惊，要知道，我召唤出来的火神，和一般火系魔法师召唤出来的可不一样，不但实力更加强大，而且，我的火属性之中还附带着强大的破坏效果。

“你就是用这样的火系魔法杀死我儿子的吗？”山谷内，先前那低沉的声音透露着冰冷。

是那个青年的父亲？我心头一凛。

我没有说话，奥赛和奥黛丽还在他手中，在这个时候刺激他是不明智的。

我背后的火神猛然跃起，庞大的身体蜷缩成一团，化为巨大的金红色火球，直奔山谷屏障砸去。

火神流星！

这是我自创的魔法，是这个世界火系魔法之中原本并不存在的一个魔法。因为没有谁能够在通过魔法召唤出火神之后，让火神做出这些复杂变化和动作。但是，我可以！

这一次，不再是一指，而是将整个火神的力量全部凝聚在一起爆发出来。

火神一指是七阶魔法，而我这个火神流星却是八阶巅峰魔法，绝对是一个毁灭力超强的火系魔法。再加上我自身的破坏特性，其威力堪比普通九阶魔法了。

整个山谷上方完全变成了一片金红色，雷霆与火焰都是拥有强大爆发力的。无疑，雷银山是雷元素的世界，在这里，雷元素会更占优势。但是，我的火元素也不是吃素的。火神流星以爆炸提升破坏力，是纯粹的能量轰击。

山谷的魔法阵也因为牵引来大量的雷元素变得更加坚韧。此时，这里就像是一个巨大的雷霆囚笼，将我和赫本困在其中，想要逃遁都变得不可能，如此针对我，还真的是够小心的啊！

在那六芒星正中，一道身影渐渐地浮现出来。当我看清他的样貌时，心头不禁越发沉重了。

这个人我当然是不认识的，但我确实是见过，就在那天加满都城大庆典的时候，六大法神从神之塔升空，牵引不同元素向神之塔凝聚。

身处于核心位置的，当然就是那半神级别的强大法神，有着空间秩序守护者之称的空间法神唐凌。而此时此刻，出现在这雷霆六芒星正中的，正是跟随在唐凌身边，距离她最近的另外一名法神。

他身高大约一米九，虽然年纪已经很大了，但依旧能够看出他长相英俊。在雷元素的环绕之下，他整个人的气息变得格外强大。毫无疑问，他也是六大法神之一，虽然我不知道他的名字，但他能够站在离唐凌最近的位置，实力肯定是六大法神之中名列前茅的。

第33章

雷霆法神伊瓜因

我万万没想到，在那餐厅之中误杀的青年，竟然是一名法神的儿子，当时那青年身上可是连半点魔力波动都没有啊！

但现在说什么都已经晚了。

我带着赫本缓缓下降，落在山谷之中。山谷内的雷元素变得越发充盈了，甚至在空气中都隐隐有电光闪烁。

“我的父母呢？”我沉声向他问道。

“带出来。”雷霆法神冷冷地说道。

他身后不远处的一个山洞之中，走出来十几个人，大多数都是身穿有着魔法花纹甲胄的战士，在他们之间夹着两个人。

那两个人看起来蓬头垢面，全身都是血，气息更是衰弱到了极致，似乎随时都会有生命危险。更让我目眦欲裂的是，他们的身体已经不全了。

从血脉的气息上，我一下就辨别出，那正是奥赛和奥黛丽啊！奥赛的双腿已经不见了，齐着胯骨消失了，而奥黛丽的一条手臂也已经不见了，更让我痛苦得全身颤抖的是，奥黛丽身上是没有衣服的。

“浑蛋！”我已经顾不得那么多了，一闪身就冲了出去，此时此刻，我心中充满了杀机，唯一想做的，就是将这些浑蛋全部杀死。

“好戏才刚刚开始，着什么急。”浓烈的雷元素骤然凝聚，化为一面巨大的雷霆屏障挡在了我面前。

炽烈的火元素从我身上骤然爆发，此时此刻，我就是火神。

“轰——”

剧烈碰撞，强烈的元素波动令山谷内的元素变得越发狂躁。但我终究还是没有冲过去，这里的雷元素太浓郁了，其他属性的元素却少得可怜。而我所面对的是一名雷属性的法神。他在自己的主场，能够发挥出的实力更加可怕。

我倒飞而回，身体周围的元素波动明显在减弱，因为火元素被雷元素驱散了，不只是我身边是这样，整个山谷内都是同样的情形。

雷系法神的表情是狰狞的：“很痛苦吧，很难过吧。但你想过没有，我在得知儿子出事的时候，又是何等的痛苦和难过。你知不知道，我为了生下儿子，付出了多少。我甚至不敢让他修炼魔法，就是为了隐藏他的存在。我在等，等那个老太婆死去，只要她死了，我的儿子就能继承大统，成为新的皇帝。虽然他已经错过了修炼魔法的机会，但只要他再为我生下一个孙子，我必定能够在有生之年将孙子培养起来，让皇室的血脉真正意义上统治斯曼帝国。但是，这所有的一切，全都毁在了你手里。你竟然杀了我的儿子，竟然杀了他！”

雷系法神歇斯底里地向我咆哮着，状若疯狂。

我就要再次冲过去，在这种时候，我已经顾不了许多了，我要救回奥赛和奥黛丽。

“奥斯汀！”熟悉的声音传来，我暂时停住了脚步，回头看去。

赫本已经跑到了我身边，声音颤抖着道：“我知道他是谁了。”

“他是谁？”当我开口说话的时候，我才发现声音已经有些沙哑。

“他是神之塔排名第六的法神，雷霆法神伊瓜因，也是当代斯曼帝国的皇帝陛下，伊娜公主的父亲。”

虽然我对斯曼帝国的皇室以及那些法神并没有什么兴趣，但关于神之塔的情况大体还是知道一些的。

斯曼帝国相比于另外两大帝国是较为弱势的，整个国家更多的是由神之塔进行管理，神之塔的塔主，也是最强法神，在国家之中才是最有权威和话语权的存在。

这一代的斯曼帝国皇帝伊瓜因自幼觉醒了雷属性天赋，成了一名雷系魔法师。本来他的天赋并不是很好，但为了变得强大，他在年少时成了一名强大魔法师的侍从，从而提升了自己的实力，并且在那名魔法师的帮助下一步步提升，凭借着大量资源的堆砌，最终勉强跨入了法神的门槛。但他毕竟天赋不足，成为法神之后，也被认为是帝国九大法神中最弱的一个。

既是皇帝，又是法神。这本来已经是到了巅峰的，但他跟随的那名魔法师却是更加强大的法神，所以哪怕他已经是法神了，对于国家大事依旧没有半分的话语权。而他的妻子，就是斯曼帝国的最强法神，半神级别的存在，内灵力至少超过九十万，传说已经破百万的空间秩序守护者，空间法神唐凌。

伊娜并不是他和唐凌的孩子，身为强大的空间法神，唐凌的年纪其实要比伊瓜因大得多。再加上本身的元素化，早就无法生育了。伊娜是在唐凌的特许下，伊瓜因跟一名侍女生下的孩子。但那名侍女生下孩子之后，就被唐凌杀了。伊娜后来因为魔法天赋出众，才被唐凌勉强收为弟子，从而跟在唐凌身边。为了国家的利益，唐凌甚至不惜种下情种。而对于这一切，伊瓜因也是没有资格阻拦的。

唐凌之所以允许伊娜出生，就是为了未来有人能够继承斯曼帝国的皇位，继续成为神之塔的傀儡。

从伊瓜因刚刚说的话，我已经大概明白发生了什么。我所杀的那个青年，竟是伊瓜因在外面的私生子，而且还是他心目中未来要继承皇位的存在。伊瓜因因为自身也是法神，再加上比唐凌年纪小，他在等唐凌老死，然后再想办法让自己的儿子继承皇位，从而在自己的辅佐下，未来能够有后代真正地掌控帝国的力量。

而这所有的一切，都因为私生子的死而烟消云散了。所以他才会如此恨我，才会抓来奥黛丽和奥赛。

我真的没想到，自己误杀的青年，竟然会有这么复杂的身世。但是，现在说什么都已经晚了。

就算是最弱的法神，也是法神。更何况，这座山谷是他早就布置好的，就是为了杀死我。他很谨慎，因为我之前击败了帝罗天，所以他才布置好了这样的天罗地网等我来。恐怕我刚回到地戎的时候，他就已经知道了。

“杀死你儿子的是我，和我的父母无关。你放了他们，我任你处置。”我此时已经冷静了许多。

那些在伊瓜因身边的守卫，都只是实力达到七阶、八阶的战士，想要对付他们，实在是再容易不过。但在一名法神面前，想要直接救走奥赛和奥黛丽是不可能的。

“为什么？为什么要杀死我的儿子？你知不知道，我为了有这么个孩子付出了怎样的代价。我不敢让他修炼魔法，甚至也不敢在他身边安排强大的护卫，就是怕有人怀疑他的来历。我甚至只在他出生的时候见过他一次。为了保留这条血脉，我付出了多少代价？现在的我，已经是法神，身体已经彻底与元素融合，再也不可能生育后代了。而我的女儿也被那个老巫婆命令与奥斯曼帝国的王子种下情种。我没有直系后代可以继承我的皇位了。”

第 34 章

死灵法师

雷霆法神伊瓜因的情绪变得越来越激动，他身体周围的雷元素也变得越发狂躁起来。

“你儿子已经死了，现在问为什么也没有任何意义。你放了我的父母，我束手就擒。我杀了你儿子，你杀我偿命就是了。”

“没那么便宜，我不会让你那么容易死的。我要让你十倍、百倍地感受我的绝望，感受我的痛苦。”伊瓜因的情绪似乎稳定了下来，但他的眼神之中却依旧充斥着疯狂。

“那你想怎样？”我冷冷地看着他。

“我要折磨你，让你亲眼看着你的父母死在你的面前。还有那个女人，都要死，都要死！”伊瓜因的声音仿佛是从地狱中发出的。

我用力地深吸一口气，感受着空气中浓郁的雷元素。在这一刻，我明白，无论如何，对方都不会放过我们一家，更不可能和我交换奥赛和奥黛丽。在伊瓜因眼中，我已经宛如砧板上的肉，任他宰割。毕竟，他是法神，这里是他的主场。

不能再等了，我甚至看到，奥赛和奥黛丽的身体在滴血，他们的生命随时都有可能走到终点。

我再次发动了，一步跨出，我的身体已经在空中，一双巨大的翅膀从我背后舒展开来。那并不是用元素凝聚而成的翅膀，而是从我身上长出来的翅膀。巨大的紫色翅膀上，带着淡金色的纹路。那是属于奇美拉的翅膀。

翅膀用力拍动，下一瞬，我已经宛如流星一般朝奥黛丽和奥赛的方向冲去。

“没用的，在这里，你所做的一切都是徒劳的。”伊瓜因右手虚抓，一柄通体用蓝紫色晶体打造而成的魔法杖落入他掌中。刺目的雷霆光芒迸发，他似乎并不想一下就杀死我，依旧用雷霆屏障挡在我身前，电光甚至比之前更加强烈。

但就在这时，我身上同时亮起六种不同颜色的光芒。这六色光芒以我的身体为中心，化为一个六色光环骤然向外扩张开来。六色光芒所到之处，蓝紫色的雷霆光芒随之泯灭，大片的雷霆光芒在空气中消散。再也没有什么屏障能够阻止我。

下一瞬，我就冲过了雷霆屏障，到了奥黛丽和奥赛身前不远处。

“不可能，阻止他！”伊瓜因震惊的呼喊声传来。而那些守卫在奥赛和奥黛丽身边的护卫已经迎着我冲了上来。

“黑暗，束缚！”我冰冷的声音在空气中回荡。一圈圈漆黑如墨的光芒从那些战士脚下升起，瞬间将他们束缚在原地。虽然这只能维持很短的时间，但对我来说却已经足够了。

两个蓝色光球飘落，分别笼罩在奥赛和奥黛丽身上，将他们覆盖在其中，牵引着他们迅速来到我身边。那是水之守护，会守护着他们的身体，也滋润着他们的身体。水系魔法本身就有一定的治疗能力。

在出手前的一瞬间，我就已经做好了准备。

“怎么可能，你怎么可能拥有水系魔法的能力？”伊瓜因没有向我发起攻击，只是震惊地看着我。

他应该是已经从老师们那里知道，我拥有火系和黑暗系的魔法，却并不知道我连水系魔法的能力也拥有。

我拍动翅膀，带着奥黛丽和奥赛迅速往回飞，飞向赫本的方向。

救下了奥赛和奥黛丽，我心中已经大大地松了一口气。最弱法神是吗？法神又如何？我还真未必怕他。

那泯灭了雷霆的能力，我称之为元素剥离，是我凭借多种属性相互作用所产生的一种强大能力。六属性元素剥离的强大能力，就算是九阶强者的雷霆，也同样要被我破坏。

伊瓜因终究还是不知道我真正的实力。我又岂是普通的八阶魔法师？

“我还是小看了你。”伊瓜因冷冷地看着我，“但是，你所做的一切依旧是徒劳的。你以为，这样你们就能逃走吗？”

我同样目光冰冷地看着他：“我没想过要逃走。你如此伤害了我的父母，岂是逃走就能解决的？”

奥赛和奥黛丽的身体都极其虚弱，我用水元素只能暂时封住他们的伤口。但是，他们残缺的肢体，没办法恢复。

奥赛失去了双腿，奥黛丽失去了手臂，在两个多月的时间里，他们不知道承受了多少折磨。我怎能就这么算了？

就算他是法神，我今天也要与之一战。

我的眼眸亮了起来，体内的血脉之力迸发，我已经不准备掩盖什么了，我要让伊瓜因和他的人都死在这里。

在我背后，紫色的光影渐渐浮现出来，那是我本体的投影，巨大的六头奇美拉散发着我自己的血脉气息，也快速吞噬吸收着空气中的雷元素。

是的，我现在还没有雷属性，但那又如何？雷元素是怎么来的？是水元素、火元素变异而来。能够变异就能够分解。在我面前，一切元素都只能沉浮。雷元素，我照样能够吸收。

甚至，在吸收雷元素的过程中，我都能感觉到自己的血脉在发生变化，体内的血脉之力变得更加汹涌澎湃了，我隐约感觉到，下一次我再长出来的头，很可能就有雷属性。

伊瓜因手持雷霆法杖，目光冰冷地看着我，他眯着眼睛："六种，你竟然掌握了六种属性的魔法。没想到，真是没想到啊！地戎竟然培养出了你这样的天才。我很怀疑，你仅仅十岁而已，为什么能够掌握这么庞大的力量？看来，我不只是要报复你，还要抓住你，掌控你。说不定，从你身上进行研究，就能让我成为更加强大的存在。元素剥离，吸收雷霆，你还真是出乎我的意料呢。不过，这都毫无意义。幽冥，动手吧。"

伴随着他最后三个字出口，他身边突然多了一人，那个人就像是从阴影中钻出来似的，身上充斥着死寂的气息与力量。那不是黑暗属性，我完全可以肯定，因为我自己就具备黑暗属性。这个家伙身上的气息要比黑暗属性力量更加可怕。

"嗡嗡嗡——"奇异的嗡鸣声从那身穿灰色魔法袍的法师手中响

起，那是一件奇异的法器，看上去如同锤状，圆形，在他的晃动中，发出奇异的声音。

就在下一瞬，我突然感觉到不好，紧接着，一声惨叫就在我身后响起。

我骤然回身看去。顿时，我只觉得我身体的血液在这一瞬仿佛都已经凝结了似的。

奥赛和奥黛丽之前已经在我的水之守护庇护下来到了赫本的身边，赫本照看着他们。

而此时此刻，奥黛丽已经坐了起来，她手中不知道什么时候多了一根骨刺，已经深深地插入了赫本的胸膛。

“不——”我痛吼一声，就迅速扑了过去。

但就在这个时候，失去了双腿的奥赛，突然用双手在地面拍击，残疾的身体弹跳了起来，挡在了我的面前。

第35章

六头奇美拉

我看到，奥赛的双眼变成了惨绿色，他的身体迅速膨胀。

“砰——”下一刻，奥赛残缺的身体轰然炸开。

强烈的冲击力硬生生地将我挡了下来。

尸爆！我能感觉到，在奥赛身体爆炸前的一瞬间，他已经死了。他的眼中甚至没有绝望。

“奥斯汀。”赫本痛苦地叫着。而此时已经不只是骨刺穿入她的胸膛，奥黛丽的手掌甚至都已经插入了她的胸膛。

“不、不——”我的心在颤抖，我的灵魂在震颤。我无论如何也没想到，竟然会突然发生这样的变故。

我疯了似的冲上去，一把抓住了奥黛丽的手臂。

此时的奥黛丽，抬起头看向我，她的双眸之中已经完全没有了人类的情绪，也是绿光闪烁。而她的生命气息也在这一刻完全消失。

“奥黛丽、奥黛丽不要！”我大叫着。但已经完全失去了神志的她，收紧了插入赫本胸膛的手掌。

“咔！”我还是捏断了奥黛丽的手臂，因为我能感觉到，她就要捏住赫本的心脏了。

没有了生命的奥黛丽已感觉不到疼痛，她断掉的手臂猛地缠绕向我的脖子，一把搂住了我，然后张开嘴，咬向了我的脖子。

此时，虽然我是人类的形态，但我的身体强度是六头奇美拉的。她咬在我脖子上，连牙印都无法留下。她却很大力，一下又一下地咬着。

在这一瞬，我整个身体都在颤抖着，奥赛尸爆了，奥黛丽身上的生命气息也完全消失了。此时的她，已经是一个死灵。是的，那个穿着灰色魔法袍的家伙，分明就是一个死灵法师啊！是他，是他在奥赛和奥黛丽的身体里种下了死灵魔法，让我在救回他们之后，又剥夺了他们最后的一线生机。

我没有爸爸和妈妈了。

奥黛丽一下一下用力地咬着我，可我脑海中回忆着的，都是她的亲吻。

“啊——”我仰天发出愤怒咆哮与悲鸣。一个黑暗束缚，将死灵状态的奥黛丽束缚在原地。我一把扶住了倒在地上，脸色已经一片苍白的赫本。

奥黛丽的手掌被我拔出，治愈之水疯狂地向赫本胸膛内涌入，治疗着她胸前的重创。

如果我刚才没有当机立断折断奥黛丽的手臂，赫本的心脏已经被捏碎了。

赫本看着我，尽管她的眼睛有些失神，但她还是看着我。她张着嘴，说话有些困难，可她的眼神是那么温柔，带着悲伤，更多的是浓浓的担心。

“嗷——”我仰天发出愤怒的咆哮。稳住了赫本的伤势，我猛然转过身。

伊瓜因正紧紧地盯着我，他的脸上流露着残忍的冷笑。

“感受到了吗？那种失去亲人的痛苦？这就是我要带给你的。接下来，就轮到你了。我会把你做成僵尸，让你永远都承受着痛苦，永世不得轮回。”

“嗷——”我仰天长啸，我再也压制不住内心的愤怒与痛苦，体内的血脉疯狂地躁动着，内心的毁灭意念汹涌地迸发着。

我开始不受控制地变化，整个身体迅速膨胀起来，一个个大头钻出，紫色的鳞片从皮肤下浮现，转瞬间，我已经变成了身长数十米的六头奇美拉形态。

看到我身上的变化，无论是伊瓜因还是那名死灵法师以及远处的那些护卫，都大吃一惊。

“这、这是什么？”伊瓜因吃惊地看着我。

回答他的，是我的攻击。

我的六个头同时爆发出强烈的光芒，此时此刻，在我内心深处只有痛苦和怨恨，我饶不了他们。

六口吐息同时从我六个头口中喷出，空气中的雷元素被我这身体疯狂地吸收着。这才是真正的我，属于我的力量。

“轰轰轰轰轰——”剧烈的轰鸣声响彻整个山谷。

尽管现在的我还只有八阶，但当我全力爆发的时候，我所展现出的实力却相当于六名顶级的八阶魔法师的全力爆发。

炽烈的火焰、阴沉的黑暗，还有那恐怖的剧毒、疯狂的波涛，以及大地的震荡和狂躁的风，化为六大元素，疯狂地席卷向山谷内所有的敌人。

哪怕是身为法神的伊瓜因，在这一刻也只能勉强招架，大量的雷霆在他的催动下化为一道道屏障挡在身前。

那名死灵法师身下，一个巨大的由骨骼形成的头抬起，托住他的身体，一口充斥着死亡力量的吐息从那巨大的头骨之中喷吐而出，恐怖的能量在空气中肆虐，强大的气息在空中绽放，强行挡住了我的攻击。

而那巨大的头骨带着死灵法师的身体缓缓站起，竟然是一条身长三十米开外的骨龙。

死灵法师的魔力波动大约是八阶巅峰，但加上这条骨龙，已经不逊色于普通的九阶强者了。

为了对付我，伊瓜因可以说是用心良苦。如果我没记错的话，死灵法师是整个大陆的公敌，他竟然有这样的属下。

那些战士也纷纷冲向我，各自施展着自己的手段，阻挡着我的魔法攻击。

八阶的战士勉强还能抵挡我的魔法，但那些七阶的，在我的吐息冲击之下，已经纷纷倒地，被我的魔法所吞噬。

“嗷——”我的六个大头同时发出一声凄厉的咆哮。此时此刻，我的思想已经有些混乱了，在我脑海中，满是奥赛和奥黛丽悲惨的画面。

水元素、火元素、风元素，三种元素疯狂地在空气中排列组合。须臾之间，天空之中多了一个巨大的光球，光球之中蕴含着的水元素和火元素被风元素极度压缩，相互之间又以风元素进行着阻隔。

三属性禁咒——水火两极爆！

禁咒，那是属于法神的世界。但是，我也同样可以施展禁咒了。尽管付出的代价会很大，但凭借着多种属性，我还是能够施展出来。此时此刻，我只想将这些浑蛋全部毁灭，一个不留。

巨大的光球落在地面的那一瞬间，我已经拍动翅膀，回到了赫本和奥黛丽身边，用我的身体遮挡住了她们。

“轰隆隆——”整个山谷瞬间化为了红与蓝的世界。风元素带动着爆炸的力量，疯狂地席卷着整个山谷内的一切。

动用这样的禁咒对我来说是有些勉强的，因为我无法完全控制禁咒的力量，但我还是用了，我要毁灭一切，毁灭所有的敌人。

爆炸的力量落在我的身上同样会产生强烈的冲击，但那毕竟是原本属于我的力量，大部分力量会被我身上的鳞片吸收。而整个山谷内的一切，却都在我这恐怖的禁咒之中被迅速毁灭。

我低着头，六个头收在翅膀之下。

第36章

都死了

奥黛丽在我的黑暗束缚之中，双眼依旧闪烁着绿光，牙齿不断地开合，似乎是想要撕咬什么。

赫本脸色苍白地躺在那里，她没有闭上眼睛休息，而是一直在注视着我，用她温柔的眼神注视着我，仿佛是在安慰着已经痛不欲生的我。

“离、离开这里……”赫本的声音不大，但我还是能够勉强听到。

我明白她的意思，在她温柔的眼神注视之中，我还能保持着一分清醒。我将她和奥黛丽搂入怀中，趁着禁咒的疯狂爆发还没有结束，骤然拍动双翼，护着她们，骤然飞起，全力加速，飞向远方。

雷银山距离加满都城太近了，禁咒的爆发无疑会引来法神。

但是，就在我刚刚升空的时候，一股滔天的威压从天而降。整个天空在这一瞬仿佛塌陷了似的，恐怖的压迫力似乎令整个天空都破碎了。

才刚刚飞起来的我，就被这股巨大的威势压迫得重新坠落地面。我用自己的身躯护着赫本和奥黛丽，才让她们没有受到影响。

天空之中，数十道银黑色的裂痕凭空出现，冰火两极爆的禁咒之力正在被这些空间裂缝大量地吞噬着，威力被化解。

在我这三属性禁咒攻击之下，先前山谷内所有的战士都已经消失了，而那巨大的骨龙也是身躯残破。但可恶的是，那死灵法师并没有死，他在骨龙的守护下，蜷缩在骨龙腹部下方，居然挡住了攻击。

伊瓜因衣袍散乱，身体周围的雷霆光芒已经十分微弱。但我毕竟还是八阶，哪怕是三属性禁咒，也没能将他毁灭。

天空中，身穿银色法袍，身体周围有着恐怖空间波动的空间法神唐凌悬浮在半空，俯瞰下方。

她的目光落在我的身上，带着几分惊讶，也有不解。

看到她，我的心顿时沉了下来，我知道，今天想要报仇是不可能了，甚至连逃离这里都变得不可能。

“伊瓜因，这是怎么回事？”唐凌看向狼狈的雷霆法神伊瓜因问道。

正在这时，天空中，三道身影正快速朝这边飞射而来。

看到那三道身影，我不禁一喜，但下一刻，内心又变得冰冷。他们来了，又能怎样呢?

“我不是说了，谁也不要过来吗？咦……怎么是你们？”唐凌惊讶地看向飞来的三道身影。

来的不是别人，正是身穿白袍的光明法神水钰酒、黑暗圣魔导师西迪以及火系圣魔导师祝荣。

当他们来到近前的时候，唐凌脸色顿时沉了下来。

而这三个老头的目光，也一下就落在了我身上。他们看到我的样子时也是吃了一惊。

“见过空间秩序守护者。”在水钰酒的带领下，三个老头向那唐凌行礼。

“你们不在地戎，前来这里做什么？”唐凌目光冰冷地看着他们。

水钰酒沉声道：“接到弟子示警，说有人掳走他的父母，约他来雷银山，我们就立刻赶了过来。”

“弟子？”

“就是上次战胜了古斯塔帝国使者的奥斯汀格里芬。”黑袍老头接口说道。

“弟子？你们所说的弟子，就是这个怪物吗？”已经缓过气来的雷霆法神伊瓜因此时已经飞到了唐凌身边，抬手指向了我。

三个老头明显都愣了一下，再次看向我。

“变回人形吧。”在我怀中的赫本轻声对我说道。

这个时候，我也不知道该如何面对，就按她所说，变回了人形。

当我变回人形的时候，整个人的气息也随之衰弱了。看到我，再看到失去了我遮挡的赫本，以及化为了死灵的奥黛丽，三个老头的脸色都变得难看起来。

“奥斯汀，这究竟是怎么回事？”白袍老头忍不住问道。

而这时，西迪却注意到了那巨大的骨龙，沉声道：“死灵法师？”

别看黑暗和死灵都是暗属性的存在，但实际上，正统的黑暗法师与死灵法师是死对头，他们是暗属性世界中的不同代表。

雷霆法神伊瓜因脸色一变，扭头看向空间法神唐凌。

唐凌冷冷地道：“你告诉我，这是怎么回事？”

伊瓜因沉声说道：“我获得情报，那奥斯汀格里芬是一种前所未有的强大生物，继续存在下去，会毁灭整个世界。所以，我才设下计谋，将他诱到这里拿下。却没想到，他才仅仅八阶却已经能够动用禁咒，还是多属性禁咒。至于这死灵法师，应该也是他召唤来的。你们没看到他身边也有死灵生物吗？”

“那是……”祝荣疑惑地看着我身边的奥黛丽，正要说话。

就在这时，异变突生。银色的光辉几乎是瞬间在天空中绽放。唐凌胸前，骤然多了一块足有巴掌大小的银色六芒星晶体。这块晶体表面，铭刻着众多复杂的光纹。

当这银色六芒星晶体出现的瞬间，周围大片的空间，包括我周围的一切空间，仿佛完全凝固了似的。

哪怕是在场的另外两名法神，在这一刻都动弹不得。

白袍老头脸上甚至流露着惊怒交加的神色。

禁咒，这赫然是一个空间系的禁咒。除了思维之外，我现在什么都做不了。

这是凭借着神器来释放的空间系禁咒，而且还是束缚类型的。

下一瞬，唐凌动了。她身形闪烁，落入已经被我那禁咒炸出深坑的山谷之中，抬手虚按向那死灵法师。

“早就跟你说过，这些肮脏的东西不能放到明面上来，你就是不听。”

“砰！”死灵法师以及他身边那条骨龙瞬间就被空间的力量击杀了。这不只是禁咒，更是领域。在这空间的领域之中，唐凌竟如此可怕。百万灵力，恐怕是真的有啊！

要知道，初入法神层次，只需要十万灵力，而百万灵力的半神，实力有多么惊人可想而知。

看到她灭杀了死灵法师，我心中刚有了一丝希望，下一瞬，她就重新瞬移到了空中。

然后她就将冷漠无情的双手分别拍在了瘦老头和胖老头的头顶。

“不——”我心中疯狂地呐喊着，可此时此刻的我，却什么都做不了。眼看着两个老头的身体化为了齑粉，在空中就那么崩解了。

然后唐凌就来到了白袍老头面前：“水钰酒，我知道你不服我很久了，所以你始终不愿意前来神之塔。今天既然被你们看到了不该看的东西，那么，我就送你一程。”

就在这一刻，水钰酒的双眸之中猛地迸射出刺目的金光，整个身体仿佛燃烧起来了似的，浓烈的光明气息骤然迸发。

但就在这时，一道巨大的紫色雷霆从后方飞至，瞬间轰击在他身上，雷霆的破坏力让他爆发的光元素凝滞。

银色光辉正面降临，落在了白袍老头水钰酒的额头上，水钰酒的身体也随之崩解。

伊瓜因来到唐凌身边，长出一口气，道：“幸好你来了。不然的话，他们这一来，还真的有些麻烦呢。”

“那个小子究竟是怎么回事？”唐凌冷冷地看着他。

第37章

妈妈

伊瓜因赔笑道："我也不知道他是怎么回事，他好像不是人类，而且非常强大。八阶，并且能驾驭六种属性的魔法。我看，他很可能就是水钰酒他们培养出来专门来对付我们的。幸好你先下手为强。"

唐凌皱了皱眉，道："先带回去再说。这里的事，就说发现了死灵法师，你险些受伤，发动了禁咒。我来收拾残局。"

"是。"伊瓜因赶忙恭敬地说道。

唐凌道："死灵法师那边，延寿的方案怎么样了？还是必须要变成巫妖才行吗？"

伊瓜因叹息一声，道："是啊！除此之外，其他的实验目前都还不够成功。"

"把那个小子带回去，我要亲自探查他的血脉。很奇怪的血脉，有点像龙族血脉，但又好像更加强大。或许，长生的契机就在他身上。从他身上，我感受到了非常庞大的生命力。"

"好的。"

唐凌走了，伊瓜因却脸色阴沉地从天而降，来到了我和赫本面前。

空间的束缚还在，此时的我连一根手指都动不了。那强大的空间系禁咒，连白袍老头那样的法神都无法抵抗，更何况还不是法神的我。

我好恨，好恨自己为什么如此弱小，如果我能够破开创世留下的所有封印，又怎么会沦落到这种程度？

此时我的心都已经有些麻木了。来到这个世界之后，我最亲近的人就是奥赛、奥黛丽、赫本，还有那三个老头。现在除了赫本重伤垂死之外，其他的人都已经死了，都死了。

这都是我的错，是我的错让他们死了，曾经的一幕幕不断在我的脑海中闪现，又在我的脑海中破碎。每一幅画面破碎，我的心仿佛都被撕裂了几分。

“感受到绝望了吗？没有人能够帮你们，没有人。你杀了我的儿子，现在，你所有的亲人都一一死在你面前。放心，我不会现在就杀了你的。杀了你，那就太便宜你了。我要让你在这种痛苦之中活下去，让你承受着所有的苦痛，在这种折磨之中，一直恐惧和悲伤。”

伊瓜因是笑着对我说这些的，他的笑容是如此的狰狞、如此的丑陋，就像此时在我眼中的整个世界。

一道道雷霆在他手掌之中凝聚成形，雷霆凝而不散，化为一柄柄锋锐的雷刀从我身上掠过，剧烈的疼痛冲击着我的大脑，可我现在连面部的肌肉也无法动弹分毫。

我能感觉到，他毁了我的手筋、脚筋，我已经失去了控制手脚的能力。

伊瓜因的手指点上了我的额头，一股强大的精神力冲入我的脑海之中，封禁了我的精神力。

他捏住了我的下巴，然后，我的舌头没了。

他在做着这一切的时候，脸上始终都是带着笑容的。那冰冷的笑容，我永远也不会忘记。

“在你的眼神之中，我看到了怨恨，但是没有恐惧。这可不行，这不是我想看到的。”他微笑着向我说。

然后，他转过身，他、他走向了赫本。

在这一瞬，我的心猛然被揪紧，我的意识疯狂地呐喊着，可是，我发不出声音，我也没有任何一点办法能够阻止他。

“对，就是这样的眼神，恐惧吗？绝望吗？哈哈哈哈！”伊瓜因回过头看向我，他的笑突然变得狰狞。

他一把拉起了地上的赫本，也捏开了她的嘴……

泪水顺着赫本的眼角流淌，她那漂亮的大眼睛始终都在看着我。在她的眼神之中，我没有看到痛苦和绝望，看到的依旧只有温柔。她似乎是想要用这样温柔的眼神抚平我内心的痛苦，可她越是这样看我，我的内心就越是崩溃。

她已经是我最后的还活着的亲人了啊！

伊瓜因笑容满面地看着我：“保持这样的眼神，否则的话，说不定我会再从她身上切一些东西下来。你放心，我现在也不会杀了她的。杀了她，那你就彻底绝望、生无可恋了，变成行尸走肉就没意思了。所以，我会让她活着，让你心中始终还保留有一丝希望，但我会不断地让你看着我折磨她，永远……”

说到最后两个字的时候，伊瓜因的眼神骤然变得冰冷。他猛地一挥手，雷元素的力量卷起我，也卷起赫本和化为死灵生物的奥黛丽，腾空而起。

我的鲜血、赫本的鲜血，在空中挥洒，在雷元素中泯灭，我能感觉到自己正在一点一点地变得虚弱。

杀了他，我要杀了他，我要杀了他们，毁灭这所有的肮脏。

我的内心疯狂地躁动着，恨意疯狂地冲击着我的心灵。我能感觉到，在我情绪狂躁之时，创世施加在我身上的最后一道封印正在逐渐松动。

冲开，我必须冲开这道封印，唯有冲开这封印，我才能救出赫本，才能报仇。

伊瓜因带我们来到了一个阴暗的地下世界，这里充满了肮脏和腐烂的味道。在这里，我又看到了死灵法师，这些死灵法师身上都散发着恶臭。

他将我和赫本关在了临近的两个牢笼之中。直到此刻，我身上的空间封印才随之解除。

为了不让我和赫本死，伊瓜因还为我们治疗了身上的伤，毫无疑问，他是为了更好地折磨我们。

奥黛丽被他留在了我的囚笼之中，在奥黛丽身上，他没有施加任何限制。

已经变成了死灵生物的奥黛丽就那么趴在我身上，用她的牙齿咬着我的身体，不知道是不是生前的记忆所致，她一直在啃咬我的面颊。

她的力量不大，咬不穿我的皮肤。但在这一刻，我真的希望能够被她咬死。

在我心中，已经没有了后悔和痛苦，因为我知道这些都没有任何意义，已经死去的奥赛和变成死灵生物的奥黛丽再也回不来了。

我躺在冰冷的地面上，泪水在面颊上横着流淌。奥黛丽就趴在我身边，一口、一口地咬着我的面颊。

不远处的牢房之中，赫本躺在那里，似乎已经昏迷了。

我完全无法想象，几天前一切还无比美好，几天后却变成了现在这个样子。

我不能死，我还要救赫本，我要带着她离开这里。我要报仇，我要杀死他们，杀掉那些畜生。

创世，你这个浑蛋，你为什么要创造出这么卑劣的人类，为什么？或许，我本来就不应该到这里来，如果不是来到了这个世界，又怎么会经历这所有的一切？

我现在也想昏迷过去，至少昏迷过去能够什么都不想，不用再这么痛苦。

可是，我做不到。因为奥黛丽在我身边，每当我濒临昏迷的时候，她就会让我重新清醒过来。我现在动不了，哪怕是翻身都很困难。我也不想推开她，虽然她已经变成了死灵生物，但现在的她，至少还是原来的样子。

不知道过了多久，奥黛丽的动作停了下来，她的停顿反而让我清醒了几分，我下意识地扭头向她看去。

奥黛丽就那么呆呆地坐在我身边，呆呆地看着我。她的嘴角处，好像还挂着一点我的泪水。

她那死气沉沉的眼神之中依旧没有波动，但她就那么坐在我身边。她的脸上已经开始有了尸斑，和曾经美丽的她相比，现在的她瘦了很多。之前两个多月的时间，她必然饱受折磨。

看着她呆坐在我身边的样子，我忍不住又流出了泪水。我张了张嘴，想要叫她。

以前在家的时候，我们一家三口的关系很平等，我很少叫他们爸爸、妈妈，都是直呼其名，他们也叫我小奥斯汀。可我现在不想叫她名字，一点都不想，我只想叫她妈妈。

我张着嘴，却只能发出“呜呜”的声音，我的泪水不受控制地奔涌而出。

似乎是听到了我的动静，她扭头看向我，又低下了头，凑到了我的面庞前。

我的泪水流得更多了，我没有试图闪躲。咬吧，她咬得我疼一点，我心里反而会好受一些。

妈妈、妈妈！我在心里呼唤着。来到这个世界后，我第一次这么痛苦。我却发不出声音。

奥黛丽凑了过来，我能够闻到她身上死灵的味道。

她没有咬我。她已经没有了双臂，只是那么弯着腰凑到我的身边，用她那已经变得苍白的嘴唇亲吻着我的眼角，亲吻着我的泪水。

在这一刹那，我瞬间崩溃。哪怕变成了死灵，她还是我的奥黛丽，还是我的妈妈。

妈妈、妈妈……

第38章

我的血

“么么么。奥斯汀，你跑什么？快让妈妈亲亲。这么久不见，真是想死我了。”

……

“哎哟，我的小奥斯汀都快变成大奥斯汀了，你怎么长了这么多啊！妈妈都快抱不动你了。赫本啊，你别老给他做好吃的，你看他这长得都要比你高了。不过也好，这样亲着省事，我都不用弯下腰了。么么么。”

……

“奥斯汀，你给我弯下点腰来，让我亲亲。不弯腰是不是？不弯腰惩罚你加亲一百口。对，这才对嘛，么么么。”

……

“奥斯汀，你以后要回来得勤快一点，妈妈会想你哦，么么么……”

……

妈妈、妈妈……

我睡着了，不是昏迷，是睡着了。在奥黛丽的亲吻下，我流着泪睡着了。

不知道过了多长时间，我突然醒过来。我下意识地睁眼看去，我看到了奥黛丽。

她脸上的尸斑变得更多了。旁边的牢房之中，透过栅栏，我也看到了赫本。

她已经醒过来了，正在看着我，她的眼中满是泪水与担忧。

“呜呜呜……”看到我醒过来，赫本有些急切地发出声音。

我顺着她的目光看去，发现牢房之中多了一个人。

唐凌，是那个空间秩序守护者，空间法神唐凌。

她站在那里，自然就有一种高高在上的感觉，俯视着我，眼神之中带着疑惑。

我这才感觉到，奥黛丽之所以离开了我的身边，是被空间元素束缚到了一旁。

就在这时，一股空间元素作用在我身上，将我从地上牵引了起来。

“挑断了手筋、脚筋，还有舌头。伊瓜因看起来非常恨你。你的本体有六个头，但外形却不是蛇，而有点像龙。你的气息连巨龙都能威慑，那么，你告诉我你是什么生物？”

我没有回答她，只是冷冷地看着她，事实上，我也没有回答她的能力。

唐凌皱了皱眉：“没法说话，甚至连写字都不行？如果我解开你的封印，让你变回本体，你能回答我的问题吗？”

我看看这狭小的囚笼。

她似乎明白了我的意思。

下一刻，一扇空间之门开启。我的身体在她的束缚下，被扔进了空间之门中。

再次出现的时候，我和唐凌已经在旷野之中。

荒芜的旷野，唐凌随手一挥，将我摔在地上，同时解开了在我精神之海上的封印。

顿时，我感受到了元素的力量，感受到了对身体的控制。但是，我的双手双脚依旧无法动弹分毫。

“变身吧。”唐凌向我命令道。

我变身了，下一刻，我的身体迅速变成了本体，变回了六头奇美拉的样子。

根本不需要我自己去控制什么，当我变回六头奇美拉之后，我的身体就开始自行吸收着空气中的各种魔法元素，补充着我亏空的身躯。我也能感觉到，我断掉的手筋、脚筋，甚至是舌头，都在自行地修补着。

这就是属于我的力量，再重的伤势，只要给我足够的时间，就足以自行恢复。

看着我庞大的身躯，唐凌的眼中似乎是在放光，她当然也能感受到我身上的变化，以她半神级别的精神力，我身上发生的一切对她来说都是无所遁形的。

“很强大的自愈能力，强大的元素吸收能力。你的血脉非常奇特，前所未有。你是我所见过的最有潜能的生物，还要在龙族之上。我很好奇，你究竟是什么生物？你和伊瓜因之间，又是怎么回事？”

我尽可能让自己保持着冷静，我还不能死，死了就没法为奥赛、奥黛丽还有三个老头复仇了。所以，我尽可能不让自己的眼睛之中流露出仇恨的光芒。我只是目光平静地看了看她，然后低下头，用我的六个头，在荒野的地面上刻画着一个个大字。

伊瓜因这样折磨我，就是怕我跟唐凌吐露他的秘密。那么，我就要把他最怕唐凌知道的事情告诉唐凌，让她去对付他。

所以，我用六个头在地上刻画了一行字：我杀了他的私生子。

唐凌看着地上的这行字，眼中却流露出一丝不屑："私生子，他哪来的私生子？"

我愣了一下，她不相信我？而这个空间法神的下一句话，却让我发自内心地感觉到了冰冷。

"他自以为做得很隐秘，但实际上，他的私生子出生的时候，我就知道了。他真正的私生子，早就已经被我掐死了。活着的那个叫韩君的小子，不过是个替代品，是我给他留下的一丝希望。在我面前，他还能有什么花招？那只是他想多了而已。"

在她说出掐死了一个孩子的时候，给我的感觉就像是捏死了一只蚂蚁。

她竟如此冷酷无情，身为一个国家最强大的半神，对于普通人类的生命竟如此漠视。

我的心，就像此时的旷野一样，有了荒芜的感觉。

"你的潜能非常强大，我能感觉到。如果你真正成长起来，让我能借助你的力量，对我必然会有好处。那么，你能不能告诉我，如果我给了你这个机会，你是否能够让我的生命得到提升和延长？"唐凌目光平和了许多，却依旧是那种高高在上的感觉，就像是施舍。

我看着她，没有犹豫，向着她点了点头。

唐凌的眼睛明显亮了起来，我第一次在她脸上看到了笑容。这个有着蛇蝎心肠的女人，最在乎的只有她自己的寿命。

“我知道你想做什么，你无非就是想找伊瓜因报仇。我可以向你承诺，如果你成为我的坐骑，与我签订主仆契约，并且通过反馈让我变得更加强大，延长了我的生命，那么，我可以替你杀了他，让他为你的父母偿命。你也已经是八阶修为，应该明白，达到九阶之后，有言出法随的特性，身为法神，我的承诺必然会做到。”

人类都是这样的吗？我呆呆地看着她，发现自己越发不了解人类了。

伊瓜因背着唐凌在外面有了私生子，唐凌将他的私生子调换了，把他真正的骨肉杀了，现在更是为了自己的长生如此轻描淡写地说可以杀死自己的丈夫。

“不相信吗？”唐凌淡淡地问道。

我摇摇头，我没有不相信，对于这个狠毒的女人来说，恐怕没有什么是她做不出来的。

“你只有答应我，才能复仇，否则的话，我会将你杀死，然后解剖，看看能否从你的血脉之中获得什么有用的东西。我给你考虑的时间。选择成为我的仆人，你将沾染我的荣光。”

这时，我发现我的身体又不能动弹了，恐怖的空间之力压迫在我身上，我吃惊地发现，在她的压迫下，我竟然重新变回了人形。

她真的很强大，是我见过的最强大的人类，绝对要比那天来的那两个国家的强者更强。

只是见过我两次变身，她竟然就能找到我血脉变身的规律，从而强行用空间之力把我压迫得变回原来的样子。

封印重新出现在我的意识之中，唐凌捏着我的手腕，空间元素形成的银针刺入了我的腕脉之中，抽取着我的血液。

她用一个水晶瓶装满了我的血，看着我的血液，而我从她的眼神之中看到了贪婪。

第39章

奥黛丽……赫本……

我的血液和普通人类的一样，也是深红色的，但是，在那深红色的血液表面，却散发着淡淡的紫金色光晕，这是人类血液所没有的。

“真是奇异的血脉啊！你有三天的时间考虑我的建议，三天之后，要么被我解剖，要么成为我的仆人。”

银色的空间之门再次开启，我被她重新扔回到了牢笼之中。

我回到牢笼之后，依旧只能瘫软在地。

牢笼中，奥黛丽来回走着，很烦躁，似乎在寻找着什么。

她发现我回来了，就立刻冲到了我面前，一口咬向了我的脖子。我没有扭头躲闪，她那满是尸斑的面庞，让我的心是如此的疼痛。

奥黛丽的嘴在我的喉咙前停了下来。她抬起头，在我的面颊上亲了亲，她那呆滞的眼神在这一刻似乎变得柔和了几分，然后她就呆呆地坐在我身边。

“呜呜呜……”赫本的声音惊醒了我。

我勉强扭转着身体，拖拽着不能移动的四肢看向隔壁的方向。

赫本是可以动的，她看着我，眼神之中带着激动。

“呜呜呜……”我也只能发出类似的声音，看着她这个样子，我的心真的好疼、好疼。

赫本的眼神变得温柔了，她抬起手，在空中虚画。她四肢的筋并没有被挑断，不知道伊瓜因是忘了，还是根本就不在乎。

我能看懂她写的字。

她在写：奥斯汀，别难过，一切都会好起来的。你还有我，我们一定能够逃出去的。

我向她点点头，在这一刻，我心中已经有了决断。

“还能写字呢？”正在这时，令人心悸的声音突然响了起来。

听到这个声音，我都能感觉到自己的瞳孔在收缩。

是他，是那个恶魔一般的男人。

伊瓜因站在囚笼外，冷笑着看着我们。他打开了赫本那边的牢门走了进去。

“呜呜呜……呜呜呜……”我激烈地发出声音。

伊瓜因却已经走到了赫本的牢房之中。

赫本不断后退，尝试着躲在角落中，但在她面前的是一名法神。

雷霆的力量化为吸力，将她吸扯到他面前。

伊瓜因捏着赫本的脖子，却满面笑容地看着我。

我“呜呜呜”地向他呐喊着，我想要告诉他，他的儿子并不是我杀的，他真正的私生子早就已经被唐凌掐死了。

可是，我发不出声音，也没法写字。

“知道为什么我只是挑断了你的手筋、脚筋，却没有动她的吗？”伊瓜因笑容满面地看着我说道。

然后他又自问自答地继续说着："因为，我要让你的绝望始终不断，一点一点地来，我要一点一点地折磨她让你看。我觉得，这要比折磨你，更让你痛苦，不是吗？"

说着，他抓起赫本的左手，刻意伸向我的方向，然后用力。

"呜——"赫本痛苦地大叫，剧烈的疼痛让她全身猛烈地抽搐。

畜生——

我的身体剧烈地痉挛着，我挣扎着想要爬起来，可是，我根本做不到。

"对、对、对，就是这样的眼神。再绝望一点，再痛苦一点。对，你看，你的眼睛都已经红了，我就喜欢看你这副样子，你的绝望再强烈一点，说不定，我会少折磨她一些哦。"

说着，他再次用力。

剧烈的疼痛让赫本瞬间就晕了过去，但在雷元素的吸扯下却无法倒下。

我全身都已经绷紧，在这一瞬，我只觉得自己的大脑都要爆炸了似的，整个世界似乎都变得黑暗。

看着身体已经停止抽搐，眼神之中满是绝望的我，伊瓜因停了下来，他笑眯眯地对我说："是的，就是要保持这样，保持着这个样子。我喜欢你现在这种绝望的样子。你放心，我不会杀她的，有她在，你心中就还有一丝希望，有这希望你就不会真的疯狂，我不会让你真疯掉的，那样，不就没意思了吗？我给她留一只手，她还能够继续给你写字哦。"

这个恶魔走了。

赫本忽而昏迷，忽而又被剧痛弄醒。

我蠕动着身体，仅仅依靠躯干爬向她。

她那断了五指的手掌已经完全肿胀起来，她的面庞因为剧痛而满是冷汗。但当她看我靠过来，来到她的囚笼旁边时，她还是勉强抬起另一只手，在空中虚画着。

放心吧，我没事。我们都要坚强哦，小奥斯汀。

瞬间，我再次泪流满面。这短短的一天内，我有生以来所有的泪水似乎都要流尽了。

带着腐败味道的死亡气息凑近，冰冷的唇贴上了我的眼角。

奥黛丽匍匐下来，用她的唇贴着我的脸，亲吻着我的泪水。

奥黛丽，赫本。我泪流滂沱。

接下来的三天，我深切地感受到了什么是悲伤与绝望。

唐凌没有再来，伊瓜因却每天都来。他每次来，都折磨赫本，让我眼睁睁地看着。赫本的双腿被他打断了，她只能和我一样躺在地上，再也站不起来了。

赫本除了在被折磨之初发出惨叫之外，再也没有痛呼过，她甚至在面朝我的时候还会挤出不再美丽的笑容。

伊瓜因给赫本留下了一只手，是留着让她给我写字的。但那个畜生肯定想不到，这几天赫本给我写的字始终都是那几个。

我没事，要坚强，我的小奥斯汀。

这是漫长的三天，我能感觉到赫本的生命气息并没有减弱，因为那个畜生在每次折磨她之后，都会给她服用补品。赫本没有拒绝，哪怕再痛苦，她也坚持吃下去。

她在空中给我写道，她会好好活着，为了我。她知道，她是我心中唯一的希望了。

而这三天，奥黛丽的身体开始腐败，没有生机支持的身体，散发着难闻的味道，肌肤开始溃烂，脓液流出，让牢房满是味道。她每天的变化，无时无刻不在折磨着我。她还是在亲吻我，但她能碰到我面颊的已经不只是唇，还有牙齿。

奥黛丽……

赫本……

第40章

我爱你，赫本

三天后。唐凌终于来了。

“恶心的味道。”银色的光芒在房间中闪亮，下一刻，银色的光罩隔绝了外界的气味。

唐凌嫌恶地看着已经没了人形的奥黛丽，捂了捂鼻子。

她再看看我，我身上有着和奥黛丽一样的味道。

“想好了吗？”她看都没看一眼隔壁牢房中的赫本，冷冷地向我问道。

我艰难地点了点头，是的，我早就已经想好了。

“你同不同意做我的仆人？”唐凌目光灼灼地看着我。

我的眼神早已有些呆滞，我再次点了点头。是的，我没有别的选择，我要活下去，只有活下去才能复仇。她更是答应了，要杀死那个家伙，杀死那个让我失去了一切的畜生。

唐凌很满意我的答案，放下了捂在鼻子上的手：“很好，果然是聪明的。那么，我现在带你走。”

“呜呜呜……”我口中发出声音。

唐凌看着我皱了皱眉：“你要说话？”

我再次点了点头。

“放心，我答应你的事情必然会做到。杀死他并不算什么，他早就已经该死了。只有他死了，伊娜才能继承皇位，然后与那奥古斯丁结婚。等我得到你的帮助延寿之后，成为真正的神祇才是我的目标。”

“呜呜呜……”我又发出声音。

唐凌疑惑地道：“非要说话吗？也可以。我先带你缔结契约。”

说着，她释放出空间的力量。

“呜呜呜……”急切的呜咽声从隔壁的牢房之中传来。

我扭头，看到了赫本。

她听到了唐凌的话，她看着我，用力地向我摇头。哪怕被那个畜生折断骨头都没有哭的她，此时却泪如雨下。她应该是猜到了什么。

我看着她，我的眼神应该很温柔，我没办法向她比画什么，但我的嘴唇却在翕动着，我相信她看得懂。

我对她说：我没事，放心吧，我会坚强。

哪怕她欺骗过我，哪怕她总是欺负我，可我还是像爱奥黛丽那样爱她，也像爱姐姐那样爱她。

是的，我爱她，我也不知道是从什么时候开始的。我不知道究竟是哪种爱，但我就是爱她。

为了她，我要活下来，更要让她好好地活下来。

唐凌也看到了她，皱了皱眉，似乎是明白了一些什么。

“与我缔结契约之后，我会帮你治好她。她应该是你唯一的希望，你只要好好地听我的话，未来，她就会过得很好。”

我扭头看向唐凌，在这一刻，我真的认命了。只要能够杀死那个畜生，只要能让赫本好好地活下来，让奥黛丽哪怕是变成一个死灵陪伴在我身边，我认命了。

为了她们，我可以不再是伟大的奥斯汀格里芬，我可以是个奴仆。

唐凌似乎是感受到了我情绪的变化，她很满意地点了点头。银色的光辉也缠绕上了赫本的身体。银光闪烁之间，我们再次来到了旷野。

在出了银色光门的那一瞬，我精神之海中的禁制就已经被解开了。

唐凌的兴致很高，她看着我，微笑道："你可以展现本体，慢慢地恢复你的身体了。等你恢复好你的身体，我再与你缔结契约。"

"你的血液很神奇，我试验过了。在你的血液之中有一种极为特殊的能量，这种能量非常强大，充满了强大的毁灭性。虽然我不知道你这样的属性是从何而来，但我完全可以肯定，这样的能量是我闻所未闻的，甚至让我第一次感受到了有可能通往另一个层面的契机。很好，很强大。非常好。

"在你与我缔结契约之前，我会先完成对你的承诺。我，伟大的空间秩序守护者说过的话，一定算数。你在这里等着。"

银色的光门在唐凌身边开启，她向我挥了挥手，然后转身走入了光门之中。

在这不知道是什么地方的无垠旷野之中，就只剩下了我和赫本。而我们之间，再没有牢笼之门的阻隔。

我没有变身，因为赫本就在我身边，如果我变身的话，在四肢无法发力的情况下，庞大的身体很可能会压到她。

赫本用一只手臂支撑着自己的身体，一点一点地向我爬过来。她的另一条手臂和双腿，都已经肿胀得不像样子，如果不是补品支撑着，她恐怕早就已经死去了。

她一边爬向我，一边流着泪。

我怎能让她如此的艰难，尽管我的四肢不能动，但我的躯干还可以蠕动。我如同蠕虫一般，一点一点地蠕动着，向她靠近着、靠近着。

我们就是这样如此艰难地彼此靠近，当我们的身体终于再次碰触到一起的时候，她的一个动作瞬间让我泪如泉涌。

她抬起唯一还能动的手臂，将手掌凑到我的面颊上，轻轻地捏了捏。她流着泪，可是她的眼神好温柔。

她挪动着身体，我也挪动着身体。我们就那么躺在地面上，勉强面对面。

近在咫尺，我们已经不再是曾经的我们。才几天的时间，她就被折磨得不成人样。可在我眼中，她依然是那么美。

她那长长的睫毛上滚落一滴滴泪珠，晶莹剔透。她的嘴唇翕动，无声地向我诉说着。

我能分辨出，她在说：不要和她缔结契约，不要成为她的奴仆。

我向她摇摇头。我的眼神之中一定充满了伤感。我再也不想让她承受任何痛苦了。

赫本也向我摇着头，她说：如果你成为那个女人的奴仆，就再也不会快乐，就不再是你自己。

可是，我没办法，我真的别无选择。为了赫本，我只能妥协。

她说：你知道什么是爱吗？

我有些呆滞，我真的不知道。只是以前经常听到奥赛和奥黛丽说这个词，他们对彼此说，更多的是对我说。

赫本温柔地看着我，她这一刻的眼神仿佛要将我融化似的。

她说：爱是无私的奉献，爱是给予。小奥斯汀，如果奥赛和奥黛丽还活着，他们也不会因为最终的结局而放弃你。他们一定希望你心中一直有爱。

因为是唇语，她说得很慢，我一个字一个字地辨别着。

这就是人类的爱吗？可是，我再也得不到他们的爱了。

赫本轻轻地抱着我，用她唯一的一只手。她没有嫌弃我身上脏，就那么贴在我身上。感受着她的呼吸、她的温度，这几天来，我的内心第一次平静了一些。

幸好有她，幸好还有她在我身边。

她说：奥斯汀，你说过，如果你突破最后的封印，就会变成这个世界最强大的存在，是吗？

我点了点头。这是毋庸置疑的，如果我能够冲破创世种在我身上的封印，那么，这个世界上就再也没有什么力量能够阻止我，与我抗衡。

赫本轻轻地点了点头，然后轻轻地亲了亲我的面颊。我的脸，这辈子只被两个女人亲过，一个是奥黛丽，一个是赫本。

会好起来的，一切都会好起来的。

我说：赫本，谢谢你。

我凑上去，也亲了亲她的面颊。尽管现在她的面颊已经没有了往日的香气，尽管现在的我们是如此的狼狈，但这是我这辈子第一次亲一个人，也必然会是唯一的一个吧。

赫本笑了，她的笑容很温暖，也很释然。她轻轻地搂住我的头，嘴唇翕动，似乎在说什么，但因为我的头被她搂着，我看不清她的唇语。

带着痛苦的美好，同样会过得很快。

银色的光芒闪烁，两道身影从银色光芒中走了出来，正是唐凌和那个畜生。

当那个畜生出现的时候，无论是我，还是赫本，我们的眼神都凝固了。

第41章

绝望的伊瓜因

“咦，你怎么没有变身恢复？”唐凌疑惑地看着我。

“大姐，你这是？”伊瓜因在这里看到我和赫本似乎很惊讶。

唐凌却没有理会他，她似乎是明白了些什么，抬手就将靠在我身上的赫本吸扯了过去。

“可以变身了，让我再感受感受你的气息吧。”唐凌看着我的目光充满了灼热。

我没有拒绝，控制着自己的魔力迅速变身，再次化为六头奇美拉的样子，庞大的身躯让我能够居高临下地看着唐凌和伊瓜因。

伊瓜因看到这种状态的我，顿时脸色有些变了，再扭头看向唐凌。

“大姐，他在吸收天地元气补充自身，吸收的速度很快。”伊瓜因能够感受到，刚刚完成变身的我，全身就已经开始迅速地吸收着空气中的各种元素，我残破的身体也开始快速被修复着。

唐凌不以为意地道：“让他修复好了，难道在这里，他还能翻出天去？”

我看着唐凌，她没有阻拦，我自然是肆无忌惮地吞噬吸收着所有能够吸到的能量来补充我的身体。

我的舌头渐渐长了出来，虚弱的身体也因为吸收空气中大量的天地元气而逐步恢复着，我身上原本已经黯淡无光的紫色鳞片渐渐又有了光彩，我的力量正在一点一点地回归着。

四肢在缓缓生长，渐渐地，我的四肢开始有了知觉。

我强大的自愈能力让伊瓜因的脸色看起来越来越难看了。如果是在我全盛时期，一对一的情况下，他真的未必是我的对手。尽管他是法神，但凭借着六属性的组合魔法，我完全能够与他抗衡。他曾经感受过我的三属性禁咒，对于这一点自然是明白的。

最重要的是，现在的他肯定不明白为什么唐凌任由我的身体恢复。

但是，在唐凌这个妻子面前，他没有任何反抗的能力。

“伊瓜因，你知道吗？我前几天提取了他的血液，并且进行了一系列的试验。”唐凌向身边的伊瓜因说道。

“他的血液非常奇特，是我所见过的血液之中最为神奇的，几乎与除了光元素之外的其他所有元素都很亲和，用来炼制魔法装备，几乎瞬间就能够让魔法装备提升层次，而且是大幅度的提升。在他的血液中，还有极其充沛而恐怖的生命能量。这样的生命能量不能直接作用在其他生物上，否则，就是强大如十级魔兽这样的存在都无法承受，都会暴毙。他的潜能非常可怕，连我都不知道他真正地成长起来后，会拥有怎样的力量，很可能会达到半神层次的极限。

“同时，他的血脉层级非常高，龙族在他面前都会被压制。所以，虽然我也说不清楚他是什么生物，但我可以肯定，他是所有生物之中顶尖的存在，具备我们人类无法想象的血脉天赋。

“这样的血液不能直接利用实在是太可惜了，否则的话，就算是长生都不是没可能的。正因为我尝试过，我才能感觉到其中的生命力有多么强大。我只是摄取了他一点血液，他这庞大的身体里，还蕴含着很多这样的生命能量啊！所以，我想了个办法。

“血契你知道吧，用血契的方式与他缔结契约，让他成为我的仆从，主仆契约会让双方血脉相通，相辅相成。这样一来，我就能够一定程度上获得他血脉上的力量，他也会从我身上获得一些我的力量来增强自身。而主仆契约的存在，将让他只能臣服于我，否则的话，我就能够置他于死地。你说，我这个主意怎么样？他必然能够让我的生命能量大幅度提升，岁月对我的干扰，在未来很长一段时间内都不再是问题了。”

听了她的话，伊瓜因下意识地看向我，迟疑道：“可是，他能甘愿签下血契吗？血契是需要完全心甘情愿才能完成的。他的亲人都死在我们手中。”

唐凌摇了摇头，道：“不、不、不，他家人的死和我没有关系，是死在你手中的。所以，他已经答应与我缔结契约了，从此将会成为我的仆从。”

伊瓜因似乎是听出了什么，瞬间脸色大变。而下一瞬，强大的空间之力就降临在了他身上。

一个是当世最强法神，半神层次的空间秩序守护者，另一个则是完全依靠资源堆砌上去的最弱法神，他们二者之间的差距可想而知。强大的空间束缚之力作用在毫无防备的伊瓜因身上，令他完全动弹不得。

“凌姐，你、你这是干什么？”伊瓜因大惊失色。

唐凌淡淡地道："不干什么，只是因为我答应了他，会杀了你替他报仇，所以他才答应我，心甘情愿与我缔结契约啊！用你的生命换取我的长生，你难道不愿意吗？没有我，你能拥有现在的一切吗？你能够继承皇位并且成为法神吗？你的一切都是我给的。我既然能够给你，现在自然也能收回来。该是你为我奉献的时候了。"

"凌姐，不、不是这样的。一日夫妻百日恩，我们是夫妻啊，你怎么能这么对我！就为了获得他作为坐骑吗？一定还有别的办法让他臣服，让他心甘情愿地成为你的坐骑的，一定可以的。凌姐，放过我，无论你让我做什么我都愿意，但我不能死啊！你不能这样……"

伊瓜因的声音充满了恐慌。在剥夺我的一切时，这个畜生一直在笑，而现在的他，却再也笑不出来了。

唐凌看都不看他，只是淡淡地说道："伊瓜因，其实，你报仇找错了对象，韩君根本就不是你的私生子。一日夫妻百日恩？真是笑话。如果你真的把我当成妻子，你会在外面有私生子吗？你真正的私生子，刚出生就被我掐死了。可笑，你把我安排给你的替代品当成了自己的孩子，还要为他复仇。你的仇恨既然如此之深，我就更不能留你了。你是否存在，已经毫无意义。"

伊瓜因呆住了，他脸上的慌张变成了不可思议，他的声音开始颤抖："你、你说什么？你知道？原来你已经知道了。你说，我的儿子，我的儿子……"

"是的，他出生后的第二天，就被我掐死了。我甚至比你更早见到你的私生子。不用问我为什么韩君会和你血脉一样，通过你的检测这种问题。想做到这么一点事情，对我来说再容易不过。给你找个替代品，只是让你心中有希望。你不是一直都在等着我死吗？等我死了，好自己上位，再扶持你的直系后代上位。你这点小算盘，神之塔之中，我与诸位法神都清楚得很。他们早就对你很不满意了，如果不是留着你还有点用，你以为你能活到现在？斯曼帝国的统治，什么时候和你们皇室有关系了？”

“你、你……”伊瓜因的声音剧烈地颤抖着，“唐凌，你这个贱人，你这个贱人。你怎么能这么对我！你毁了我的一切，你……”

第42章

烬爱之石

唐凌脸色一变，一巴掌抽在伊瓜因的脸上，“啪”的一声，数颗牙齿从他口中飞出，伊瓜因的半边脸顿时肿了起来。

“我说了，你的一切都是我给的。本来想让你在我身边做一条狗，但你这条老狗不老实，总搞小动作。我能给你的，自然就能收回。”

伊瓜因还想再说什么，但是，空间的力量将他的声音封在了喉中。

唐凌扭头看向我，淡淡地道：“我答应你的已经做到了。我想，你一定很希望亲手杀了他。毕竟，他曾那样虐待你的亲人。等你与我缔结契约之后，他就是你的。你想怎么对付他都可以，满意吗？”

身为空间秩序守护者，半神层次的强大存在，她从来都是杀伐果决的，她很清楚自己想要什么，也从来没有失败过！

我看着唐凌，这个冷酷无情的女人，再看着眼神之中充满憎恨与怨愤的伊瓜因。此时，我也不知道自己究竟是一种什么样的心情。

我用力地深吸一口气，我四肢的伤口正在愈合，用不了多长时间，我的四肢经络就能接续，我就能够恢复行动的能力了。

“呜呜呜……”我听到了赫本的声音，但我硬着心肠没有去看她，因为我知道，她是无论如何都不希望我与唐凌缔结契约的，因为一旦缔结契约，我将不是我，主仆契约将会永远束缚着我，甚至唐凌死亡我也会死。但是，在这个时候，我还有别的选择吗?

唐凌对待自己丈夫的生死都如此随意，对我们自然也不会手下留情。

所以，我根本没有别的选择，如果不和她合作，那么，我很可能马上就要死去，我死不要紧，赫本也会死。

“呜呜呜……”赫本的声音变得越发急促。但是，我还是朝唐凌点了点头。

看到我点头，唐凌很满意。

“很好，那等你的身体恢复过来，我们就开始。你需要天地元气，那我就给你更多的天地元气帮你恢复。”

说着，唐凌的右脚在地面上一踩，顿时，一个魔法阵就开始从她脚尖处蔓延开来，顷刻之间就覆盖了直径千米范围。顿时，在这无垠的旷野上，庞大的各种天地元力、元素都朝这个方向汇聚过来，也被我的身体疯狂地吸收着。在这一刻，我吸收这些天地元气的速度甚至超过了曾经在地戎魔法塔吸收天地元气的速度。

但是，就在这个时候，我突然感觉自己的身体里似乎灼热了一下，在我的精神意识之中，似乎有什么东西突然暴动了。

“嗯？”唐凌惊讶地向自己身边看去，下一刻，她的脸色变得难看起来。

“混账，你在做什么？找死吗？”她抬手就朝身侧抓去。而此时，她的身侧只有两个人，一侧是完全被她束缚，根本动弹不得的伊瓜因，另一侧，正是赫本啊！

我六个头都在同一时间转了过去，因为我也感受到了，那灼热的来源正是我与赫本之间的契约，那是我们的主从契约烙印啊！

赫本的身体变得明亮了，是的，这一刻，她的身体变得格外明亮，就像是一颗绚丽夺目的红宝石一般。在她胸口，一团灼热的红光绽放着瑰丽的光彩，那炽烈的能量波动连带着让我体内的主从契约烙印变得越发炽热。

赫本，她在干什么？

唐凌的手掌已经拍到了赫本身边，但是，哪怕是身为一代法神的她，这一掌竟然在距离赫本不到半米时再也无法有寸进，就那么被赫本身上的红色光芒阻挡了下来。

那是什么？

我也惊呆了，以唐凌半神级别的修为，竟然无法阻止赫本身上的光芒绽放，那是怎样的力量？

就在这时，我竟然在我的脑海里听到了赫本的声音。

“奥斯汀，很遗憾，我没办法再陪伴你了。我是你的老师，是你的姐姐，是你的侍从。我是爱你的。

“大概是两年前，那时候的你，已经是六阶。或许你并不知道，八岁达到六阶意味着什么。西迪圣魔导师和祝荣老师却很清楚。他们对你的情况极为震惊，他们也都明白你是多么与众不同。毕竟，先天内灵力很可能超过一百二十的你，是何等少见的天才。

“我还清楚地记得，那天，祝荣老师找到了我，他说，他要跟我单独谈谈，我自然答应了。他带我来到魔法塔的藏宝室，对我说你对于地戎的重要性，未来的你一定会成为地戎魔法塔的第一人，更是整个斯曼帝国的第一人。斯曼帝国的神之塔渐渐堕落，完全脱离了魔法本身的真谛，魔法师的存在，是为了让世间的一切变得更加美好，而神之塔却只是高高在上，只会奴役一切，掌控所有的权力和财富。所以，他们希望未来的你，能够改变这一切。

“那天，祝荣老师给了我一件东西，那是一件神器，一件非常特殊的神器，叫作烬爱之石。烬爱之石只有在主从契约存续期间才能够使用。他问我，如果在你有生命危险的时候，作为侍从，我是否愿意为你奉献出自己的生命。主从契约本身就是有这方面的限制的，但是，烬爱之石的要求更高，它要求必须是完全心甘情愿，才能真正将这件神器融入我们的契约之中。我答应了，我告诉他，我愿意。”

第43章

不能让我的小奥斯汀受委屈

“两年前的我，真的是愿意的，现在的我，更加愿意。其实，你不知道，我对你是感激的，尽管平时我经常欺负你，但和你在一起我真的很开心。更重要的是，如果没有你的天赋共享，我根本就不可能成为一名强大的魔法师，我的魔法修炼早就已经走到了尽头，是你给了我新生。所以，当你将天赋共享给我的时候，我就在心中暗暗发誓，我会一直守护在你身边，努力变得强大，好好地守护你。

“我愿意为你使用烬爱之石的心从来没有改变过。但凡有别的选择，我也不愿意离开你。但是，现在我不能再这么自私下去了，我不能眼睁睁地看着你和这个冷酷无情的女人缔结主仆契约。主仆契约和主从契约不同，那是永远都不能解除的血契！如果你成为她的仆从，你将永远被她奴役。你可是我的学生呢，我怎么能让我的学生，让我的小奥斯汀被这样一个恶毒的女人奴役呢？

“还记得我刚刚对你说的吗？爱是奉献，我愿将我的一切奉献给你，助你突破，助你成为法神，助你获得自由。

“不要哭，奥斯汀，无论你是人类还是奇美拉，都不要哭。为了我，好好地活下去。烬爱之石一旦点燃就不可逆转，作为你的侍从，我将点燃我的生命与灵魂之火，将我的力量以十倍转化为你的力量。我其实没有死，只是成了你的一部分。”

赫本述说着，而我体内的炽热能量已经疯狂地蔓延到身体的每一个角落，我能清晰地感受到自己的血脉在炽热能量中升腾、进化、觉醒、冲击。那炽烈的能量，令我无法移动分毫。此时此刻，我的心中充满了绝望。

不要啊！赫本，不要啊！你怎么能就这么弃我而去？我宁可做她的仆人，也不要你为了我而死啊！

可是，正如赫本所说的那样，那烬爱之石一旦燃烧就不会熄灭。那是神器的力量，而且那是一件一次性施展的神器，以主从契约烙印为引，将赫本所有的一切放大之后传递给我。

她的身体在炽烈中变得越发通透，此时的她，又恢复了美丽。

巨大的赤红色双翼在她背后绽放舒展，她全身更是散发着浓烈的红色光影。

唐凌在初次尝试阻止她之后，就没有再动手。她似乎看出了赫本做了什么，她只是冰冷而平静地退开两步，然后就在一旁冷眼旁观，看着散发着的红色光影化为一圈圈红色光晕，笼罩向我的身体。

炽热能量，那是点燃血脉一般的炽热能量。在那炽热能量之中，更包含着赫本对我的深刻情感。

在这一瞬，我只觉得自己的身体也燃烧起来了似的，我注视着她，我宁可在这火焰中和她一起毁灭。

赫本看着我，我又看到了她那温柔的目光，她仿佛在对我说：“不能让我的小奥斯汀受委屈呢。”

她飞向我，几乎是下一瞬就到了我面前，就那么悬浮在我身前，抬起她那唯一还能动的手臂，轻轻地摸着我那有着红色双眸的大头。

“好可惜哦，不能做奇美拉魔法师了。奥斯汀，如果还有来生，你做我的侍从好不好？你要一直保护我。”

她的眼神变得有些迷茫，似乎是在畅想着来生的画面，嘴角不禁上翘，流露出迷人的微笑。她轻轻地搂着我的头，尝试着在我的鳞片上捏了捏，然后又低下头，在我的额头上吻了吻。

“小奥斯汀，永别了……”

“轰——”炽烈的火焰瞬间升腾，令我庞大的身躯顷刻间完全被灼烧成了火红色。

体内的血脉疯狂奔涌、升腾，四肢的经络瞬间完成了接续。在我体内的一切能量，疯狂地冲击着创世留在我体内的封印，一次又一次，一次比一次更加凶猛。

可此时此刻，对我来说，这些都已经不重要了。

那赤红色的身影，就那么在我面前渐渐淡化、消失……她的声音却始终在我的灵魂中回响。

她没有对我说过她有多么痛苦，她的话语中饱含着的，唯有那深切的情感。

她不愿意我受委屈，不愿意我成为唐凌的奴仆，她选择了在这最后的时刻燃烧了自己。尽管，她也并不知道这样做是不是有意义，是不是就能让我冲破那封印，但是，她还是义无反顾地做了，点燃了那早就已经埋藏在体内的一次性神器，让自己的一切，包括身体和灵魂，彻底绽放，彻底奉献，让她所有的一切成了我身体的一部分。

在烬爱之石的作用下，她魂飞魄散，但她始终没有一丝后悔。

赫本，你真的好傻。你可知道，如果连你也离开了我，那么，在这个世界上，我还有什么活着的意义？哪怕我能够冲破封印，将面前的仇敌全部杀死，对我来说，又有什么意义呢？

赫本、赫本……

为什么？为什么你们都要离我而去？为什么……

炽烈的血脉沸腾着，我的修为境界在烬爱之石的作用下，融合了赫本十倍的力量。

体内的封印，在一次又一次的冲击下，似乎越来越松动了。

赫本背后的双翼消失了，她的身体变得像一缕青烟，唯有那笑容保留到了最后。她嘟起红唇，凑近了我，融入了我，她的灵魂永远地烙印在了我的灵魂之中。

炽烈的火焰升腾得越发剧烈了，我的身体明显比之前又膨胀了许多，长大了不少，在我的六个大头两侧，又多出了两个突起。空气中的各种元素，向我汇集的速度也越来越快。

我就呆呆地站在那里，连我自己也不知道过了多少时间，身上的火焰才渐渐变淡。

我的身躯已经长到五十米长，我的气息变得越发浓烈了。体内更加强大的力量，让我有种仿佛能够撕碎整个世界的感觉。

可是，我的心却空了。

空荡荡的。

我的世界，伴随着她的离去，已经变成了灰色，无尽的灰色，所有的色彩在这一刻都消失了。

死寂，我的心、我的身体、我的眼神，我所有的一切，在这一刻都陷入了无边的死寂。

我渐渐变回了人类的模样。封印虽然已经十分松动，但终究没有破开。赫本十倍的力量，也终究是六阶的十倍力量。这为我增加的力量，能够推动我触摸法神的门槛，但是，终究还是没能冲开创世施加在我身上的封印。

站在那里，我抬起双手，捏着我自己两侧的面颊，缓缓地拉扯。

面颊传来轻微的刺痛感，只有这样，我的心才能出现一丝波澜。

……

第44章

我的赫本没有了

赫本：“小奥斯汀，今天可是你最重要的日子呢。老师也陪你一起去哦。祝你成功。”

我：“我一定会成为魔法师的！”

赫本捏着我的脸道：“小奥斯汀真有志气呢。不愧是我的学生。”

“赫本，我说了，不要捏我的脸。”我愤怒地说着。

……

“再捏我，我也要捏你了！”我忍不住发怒道。

“你脸红什么？嘻嘻。”赫拉笑嘻嘻地说着。

“唉，可惜等你进了魔法塔之后，我估计就很少能够见到你了，也没法再教导你了。今天，就让我们上最后一堂课吧。”

……

“我没事，我很好，你要坚强哦。”

……

“我的小奥斯汀，再见。”

……

没有了，那个满口谎言的人没有了，那个每天都欺负我的人没有了。

我没有哭，因为在这个时候，我的心已经完全麻木了。没有了泪流滂沱，没有了泪如雨下。

赫本、赫本。

奥赛、奥黛丽、赫本、胖老头、瘦老头、白袍老头。

全都死了。

他们都永远地离开了我。

或许，在这人类的世界之中，早就已经注定了，好人都会死吧。只有那些恶人，那些有着冷酷与残忍，那些卑劣的存在，才能很好地活着。

为什么？为什么我要来到这个世界，为什么要让我承受这样的痛苦？我是伟大的奥斯汀格里芬。

“没用的。”冰冷的声音惊醒了我。

我缓缓抬头看去。

唐凌不知道什么时候已经来到了我的面前，她目光平和地看着我，说道：“你应该能感觉得到，她刚才对你所做的一切是没用的。我承认，那件神器非常强大，能够让侍从在甘愿牺牲奉献的情况下，强行将自己的力量以十倍转化给你，融入你的身体。这样的神器，连我都未曾获得，如果她的实力再强大一些，而你的身体又能承受得住，说不定，直接推动你到法神层次都有可能。可惜，她才只是六阶而已，远远无法做到。”

说到这里，她停顿了一下，接着道：“虽然她的牺牲毫无意义，但是，我有些羡慕你。至少，你有这样一个甘愿为你牺牲一切的侍从。

现在，她死了。你是准备按照她说的那样，不向我臣服，陪着她一起死去，还是做我的仆人，跟随着我，前往这个世界的最高点？看在她那牺牲与奉献精神的分上，我再给你一次选择的机会。我可以让你毫无痛苦地离开这个世界，然后再分解你的身体用于研究。

“奥斯汀格里芬，这是你的名字吧。你知道吗？在刚刚那一瞬，我有了一些触动。漫长的生命固然重要，但似乎，我也需要培养一些真正信得过的人，这是一种心灵寄托。以前，我从未有过这样的感觉，是她让我感动了。她有资格让我知道她的名字。告诉我，她叫什么？”

我轻轻地摇了摇头：“不用了。你不需要知道她的名字。”

唐凌挑了挑眉毛，看着我：“怎么？你决定了？陪她一起吗？不过，我要提醒你，她这种死法，灵魂无存，甚至没有来世。”

我再次摇了摇头：“我没有改变主意，我愿意与你缔结契约。不过，能否先让我报仇。”

说着，我抬头看向脸色剧变的伊瓜因。

“可以。”唐凌毫不犹豫地说道。

“谢谢。”我向她点了点头，然后就那么赤着身子，缓缓地走到了伊瓜因面前。

伊瓜因看着我，眼睛中流露出急切之色，似乎是想要对我说什么。

“让他说话吧。”我向唐凌说道。

唐凌挥了挥手，伊瓜因顿时有了说话的能力。

“我错了，奥斯汀格里芬，我知道错了，是仇恨冲昏了我的头脑。我不知道原来你并非我的杀子仇人，我的仇人应该是她才对。你的实力提升了，我能感觉到，你现在应该有法神之力了。你解开我的封印，我们一起对付她。你是拥有六属性的强者，不是一般的法神，如果我们联手，说不定就能杀了她。这是我们唯一的机会。她要和你缔结的可是血契，主仆契约。如果你完成了这样的契约，你就永远要被她奴役，甚至她一个念头就能置你于死地。你那个侍从做得对，她知道这样做的危险性，所以才不惜牺牲自己，让你有反抗的机会。来吧，让我们一起对抗她，唯有如此，才有生机！”

“你不配提她。”我淡淡地道，“伊瓜因，在你身上，我看到了人类的劣根性。但在我心中没有仇恨。你杀了我最爱的人，你在我身上看到了痛苦和绝望。因为你，我断绝了对这个世界的所有眷恋。你认为，我会与你合作吗？”

哪怕他说的是真的，现在的我和他联手有可能杀了唐凌，我也不会那么做。因为，这对我来说，又有什么意义呢？我的心已经死了，而在我死了的心中，一种全新的意念正在不断地滋生。

被创世创造出来的这样的人类，不应该有好结局的，他们应该被毁灭。只有毁灭了所有的人类，才能将一切劣根性全部扫除。

我拉起伊瓜因的一只手：“你要叫得大声一点，不然，我会更慢。”说着，我捏断了他的一根指骨。

剧烈的疼痛让伊瓜因的身体颤抖起来，但他并没有惨叫。

“唐凌，给我个痛快，无论怎么说，我们也是夫妻一场。难道，连这一点情分都没有吗？你想杀我，就给我个痛快，不要再让这个怪物折磨我了。”

“嘎巴。”伊瓜因的第一根手指的第二个骨节也被我折断了。

“啊——”这一次，他终于忍不住发出了惨叫。

唐凌就像没听见似的，在原地坐了下来，身体周围银光缭绕，不知道是否已经将声音隔绝。而这对我来说都不重要。

这是我来到这个世界上，第一次非常认真地做一件事。

水系魔法不断降临在伊瓜因的身上，帮他治疗，帮他清醒，让他清晰地体会着每一分每一秒的身体变化。

伊瓜因作为法神，真的不够坚强，一点都不够。他总想昏厥过去，却被我一次次地弄醒。水系魔法在这个时候，真的能够起到不错的作用，我甚至还能用凝水成冰的方式让他更容易清醒。

有的时候，火系魔法也能派上用场。

焦煳的味道很难闻吗？和尸臭比起来又如何？

整整两个小时后，坐在不远处的唐凌站起身："够了吗？"

"够了。"我也站起身来。

伊瓜因躺在地上，他不能动，但我肯定，他还没有死，而且是清醒的。这两个小时，我快乐吗？并没有。他是绝望的，但不知道跟我当初的眼神比，谁更绝望。看着他的样子，我的心很平静，或者说是死寂。

在赫本消失的那一瞬间，我的心就已经死了。

第45章

血契

“开始吧。”我来到唐凌面前，向她点头示意。

唐凌冰冷的面庞略微柔和了几分，她没有理会依旧活着的伊瓜因，口中开始喃喃地念动咒语。

伴随着低沉的咒语声响起，她自身的气息也开始释放出来，周围空间的波动骤然变得剧烈，仿佛整个空间都开始震荡。这就是一位法神强大的力量。半神级别的空间秩序守护者，可以说是这一片空间的主人。

唐凌的眼神开始变得灼热起来，她用空间之力割破自己的手指，开始在空气中勾勒。她的鲜血幻化成一个复杂的符文。

血契是主仆契约之中最霸道的一种，这种契约铭刻于灵魂之中，哪怕是神祇，与他人缔结了血契也不可逆转。一旦主人死亡，仆从必然会死。

我默默地看着她，看着她将血契逐步完成，静静地等待着。

她在进行血契的时候，也一直在看着我，似乎在等待着什么。见我没有半点反抗的意思，她的眼神之中反而带着几分诧异。

或许她心中还认为，我愿意臣服是装出来的，毕竟，我的仇人不只是伊瓜因，还有她。

可我没有反抗，就那么静静地等待着她将血契完成。

当那红色的契约纹路固定的刹那，唐凌目光灼灼地看着我：“你的血，心甘情愿。”

我向她点了点头，抬起手，咬破了自己的手指。

一滴鲜血从我的手指中挤出，飘向了她凝聚的血契符文。两种血液接触的一瞬间，我们的身体同时变得明亮了。

唐凌那注视着我的目光顿时变得更加明亮，血契需要双方完全自愿才能够达成，哪怕我心中有一丁点的反抗，都会失败。

我缓缓闭上了双眼，默默地感受着一个契约的烙印在我精神之海中逐渐成形，感受着我与唐凌之间的关系在拉近，精神力甚至在融合。

随着契约的继续，我越来越能感受到她那恐怖而庞大的灵力波动了，相信她也一样能够感受到我的血脉气息。

唐凌的精神力似乎在减弱，但我哪怕闭着眼睛也能感受到她此时亢奋的情绪。

没有什么生物的生命力能够与我的相比，与我缔结契约之后，我的力量就会注入她体内。我现在已经接近九阶，我的身体强度远超普通巨龙，更何况我高贵的血脉根本不是任何其他生物能够比拟的。

刺目的血光让我重新睁开了眼眸，那血红色的光芒将我和唐凌连接在一起，我能够清晰地感受到我的血脉已经与她的血脉相互连通。她身上那庞大的灵力正在我们之间汹涌澎湃地流淌，那庞大的力量让我对空间都有了深刻的认知。

有一点当初创世并没有说错，人类的学习能力真的很强，唐凌的实力真的是超乎想象的强大。

而唐凌此时正目光灼灼地看着我，眼中满是欣喜之色，似乎已经忘记了她的丈夫被我足足折磨了两个小时之久。她此时能够感受到的，就只有自己身体上的美好变化。

“奥斯汀，你真是一个伟大的存在。我能感觉我的外灵力在大幅度地增长，我衰老的身体正在重新焕发青春，我的精神力也在增强。我感觉自己跨入了另一个境界。或许，这才是神的层次吧。感谢你，奥斯汀，你的选择是正确的。以后，我允许你不为仆从，而是作为我的伙伴，我会帮助你变得更加强大。合你我之力，在这个世界上再没有什么力量能够阻止我们。”

她的情绪很亢奋，是的，和我缔结了这样的契约之后，她就算依旧没有办法真正成神，但再活几百年毫无问题。

我闭上双眼，并没有理会她的话，只是默默地感受着她注入我身体之中的能量，并且更加快速地吸收着这半神级的空间秩序守护者足有百万级别的内灵力。

血契固然霸道，但也是最能让契约双方彼此连通的强大契约。她能从我身上获得好处，我自然也能从她身上获得好处。

半神的力量，要比之前赫本带给我的多得多。

唐凌一定能感受到，我在快速而且大幅度地吞噬、吸收她身上的能量，但她没有半分要阻止我的意思。因为已经没必要了，有血契的约束，我再强大，都是她的仆人，我的强大，对她来说只会是好事。所以，她不但没有阻止，反而完全放开自己的力量，让其融入我的身体之中。

当我体内的能量已经充盈到一定程度的时候，我骤然睁开双眸，仰天发出一声嘹亮的龙吟。

“嗷——”震耳欲聋的龙吟声响彻天际，在这漫无边际的旷野中远远传开。

我能清晰地感受到自己体内的一些东西在崩溃，一块块紫金色的鳞片从我皮肤下钻出，我的身躯再次变大。

三十米、四十米、五十米、六十米，一个个巨大的头从我的脖颈之中钻出。

以我的身体为中心，一个巨大的紫色旋涡渐渐形成。那是因为我身上的吸扯力实在是太过强大，对于空气之中的各种元素能量的吞噬速度太快了。

这庞大的能量旋涡围绕着我的身体旋转，不断被我吞噬吸收，我的身体也因为吸收着大量的能量而开始不断地膨胀、膨胀，再膨胀。

我的身长已经超过七十米了。就算是当世最强大的龙族，身体也比我现在大不了多少了，更何况，我有六个头。

在我那六个头两侧，另外两个已经变得越来越大的突起上，开始出现裂痕，内部已经有液体在向外渗出，我的气息也随之变得越来越强横了。

唐凌注视着我，她的双眸明亮，眼神更是亢奋到了极致。因为她一定能够感受到，伴随着我自身的修为提升，自身血脉的不断进化，反哺给她的能量也变得越来越强，她正在享受着我带给她的力量。尤其是生命力的提升，绝对是她最为需要的。

唐凌没有犹豫，血契是她最大的依仗，有血契在，她根本就不需要担心什么。

伴随着低沉的咒语吟唱声，一扇扇巨大的银色光门在我身体周围开启。那是空间之门，是半神级别的空间秩序守护者不惜一起代价开启的空间之门。

我也不知道那一扇扇空间之门是通往什么地方的，但一定是唐凌曾经去过的地方，而在那些地方，都有着极为浓郁的各种元素能量。

此时此刻，在我身体的强烈吸引之下，从这一扇扇空间之门中，大量的能量朝我蜂拥而来，汇聚在我身上，我的身体也开始更加快速地膨胀着。

前所未有的庞大能量，让我整个身体开始抽搐，而这些能量，正在冲击着我的精神之海与身体内的封印和瓶颈。

第 46 章

冲破封印

唐凌亢奋地不断吟唱着咒语，此时在她与我的合力之下，我身上产生的对元素能量的吸扯力绝不会比之前加满都城举行庆典时神之塔对元素能量的吸扯力逊色。

来了，我久久等待的时刻，终于就要来了。

我的身体此时已经被那些庞大的能量撑起，如同一个巨大的气球一般，身长已经超过了一百米，身上的每一块鳞片都因为身体的膨胀而变得越发鲜明，上面散发着夺目的紫金色光辉。

唐凌略微有些迟疑，她有点怕我的身体承受不住，没有再继续开启光门，只是让我先吸收着现有的能量。

“继续！”我大声咆哮着。

唐凌双眼微眯，但还是继续为我开启空间之门，带给我更加庞大的能量。

有血契的存在，她不怕我会害她，如果我被能量撑爆了，那也只会是我死，哪怕爆炸的威力很大，以她对空间之力的应用，也能在第一时间逃离，不会受到任何影响。

能量，如此庞大的能量，让我的灵力在不断提升，封印在不断崩溃。

在这一瞬，我仿佛要回到让宇宙初开的时刻，我的意识开始不断地向更加广阔的范围蔓延着。

这种感觉十分奇特，对我来说又是非常美妙的。那是力量回归的感觉，而且，和曾经在宇宙之中飘荡时不同，那时候的我，无论是创世还在还是后来他融入宇宙，我都是虚无的，只有能量，并无本体。而现在的我，却是真正拥有本体的存在，所有这些汇聚而来的能量，从封印中迸发出来的本源之力，都有本体这个依托，从而使我变得真正强大。

噗的一声，左侧的那个硕大突起终于破开，一个崭新的头钻出。

当这个头钻出来，化为我的第七个头的时候，我原本极度膨胀的身体顿时缩小了几分，大量的能量涌入那个头之中。那是一个散发着金属光泽，呈现为暗金色的硕大的头，在它出现的瞬间，我的气息就已经完全突破，进入了法神的层次，而且还不是初入的那种，远远超过了伊瓜因那个层次。

而在第七个头出现时，唐凌立刻就感觉到了血契对她的回馈，她的身上也亮起了紫金色的光彩，额头上出现了九道紫金色的光纹。在那奇异的闪耀的光纹之中，她原本苍老的面庞开始出现变化，肌肤开始变得光滑而有弹性，在浓郁的生命气息的滋养下，她整个人脱胎换骨一般快速变得年轻，自身对于空间之力的掌控没有变，但对于空间之力的承受力却在飞速变强。连她自己都无法判断出在这种状态下，她的外灵力能够达到怎样的程度。

这就是我带给她的变化。

唐凌此时已经亢奋得有些不能自已，她之前绝对想不到，与我缔结契约的好处会如此大，比她想象之中大得多。

但对我来说，这些都不重要。我要做的就是冲破封印，找回我全部的力量。

在唐凌的帮助下，更多的能量向我涌来。有了第七个头的突破，唐凌坚定了信心，更加义无反顾地为我凝聚能量，这对她的好处是巨大的，是她难以拒绝的。她当然看得出，我另一边还将有一个大头长出来，再继续对她产生增幅，她都怀疑自己要触摸真正的神级门槛了，而这也是她一直以来心中最大的渴望啊！能够成为真正的神，就有永生的可能。到了那个时候，什么人类国家的统治者都将不再重要，说不定，她能建立一个属于神的领域。

“赫本，如果你没有死该多好。你应该相信我啊！”此时此刻，感受着封印的不断崩解，我脑海中却满是她的身影。

但是，她的身影很快就消散了，无论我能否冲破封印，能否重新化为至强的存在，都已经无法挽回她的生命了。

“噗——”终于，我的第八个头钻了出来，在它钻出的刹那，风云突变，整个天空都变得阴暗，一直蔓延到遥远的天边。天空中，一道道巨大的雷霆纵横，而我的身躯已经变得更加庞大了。

八个头带来的强大气息，仿佛在与天地对抗，那恐怖的气息仿佛使整个世界都在颤抖。

这个头上散发的能量，正是属于雷霆的气息。那让伊瓜因最为熟悉的雷霆之力，飞速向我涌来，也包括伊瓜因自己身体里面的雷霆之力。

已经失去了所有骨骼支撑的他，身体渐渐在我的吸摄下变得干瘪，他的眼睛里流露着深切的恐惧。

但是，这些都已经变得毫无意义，他死了。

一道道雷霆滋养着我的身体，让我的每一块鳞片都变得更加晶莹剔透，我的气息更是变得越来越强大，就连唐凌在我面前都开始显得有些渺小了。

而此时的她，身上也迸发着夺目的紫金色光彩，受到我自身进化的影响，她的内灵力又一次飞速地提升着，让她感觉自己似乎已经真正跨入了那个层次。

她的双眸在放光："奥斯汀，你真是太伟大了。你竟然帮我完成了我原以为永远都不可能完成的梦想，你竟然真的将我送到了神的殿堂，让我真正成为神级的存在。这个位面无法再限制我，连你也已经跨入了半神的境界。从此之后，创世大陆就是我们的世界，这里所有的一切，都将向我们臣服。"

新生的两个头渐渐稳定下来，我背后的翅膀也变得越发巨大了，当翅膀张开的时候，有种遮天蔽日的感觉。

而天空却并没有因为我的八个头进化完成而重新变得明亮，依旧是昏暗的，依旧有一道道雷霆在空中纵横交错。

我低下头，看向她。

"我需要的，不是臣服。"我淡淡地说道。

说着，我抬起后肢，一脚踩落，踏在伊瓜因的尸体上，让他的身体支离破碎。

"你什么意思？"唐凌目光灼灼地看着我。

我的八个头一起低下，注视着在我面前身形渺小的她："我并不属于这个世界，但我渐渐爱上了这里。因为，身边的每一个人都对我很好，让我感受到了这个世界的温暖。但是，你们破坏了这一切，毁掉了我的家，杀死了我所有的亲人，让我的心重新归于死寂。

“在来到你们这个世界之前，我的心中没有情绪。而此时此刻，我心中滋生出来的，只有毁灭。所以，我要的不是臣服，在这个充斥着各种负面情绪的世界之中，任何事物都不应该存在。他们都死了，你们为什么还活着？”

“奥斯汀格里芬！”唐凌冷冷地看着我，“别忘了你的身份。你是我的血契仆从。你应该知道，违背血契会面临怎样的责罚。我只需要一个念头就能要了你的命。更何况，我现在已经是真正的神祇，我是掌控空间的神，难道你认为你能反抗我吗？我不会允许你毁灭这个世界的。”

第 47 章

绝望的唐凌

我看着唐凌，目光之中只有冰冷，我喃喃地自言自语：“赫本，你为什么不相信我？血契再强，对我再有束缚之力也没用，我是奥斯汀格里芬，这份束缚和你想象中的束缚，是不一样的。”

唐凌听得一愣：“你什么意思？”

我八个头同时抬起，看向她，突然，八张大口张开，八道代表着不同属性的吐息同时喷吐而出，喷向她。

“你疯了！”唐凌又惊又怒地大叫一声，身上银光迸射，自身仿佛化为一扇巨大的银色光门，将我所有的吐息吞噬。

“奥斯汀，我不想杀你，我们现在已经缔结了契约。我知道你心中有恨，但伊瓜因已经死了，你已经杀了他，你还想怎么样？”

“除非你能让奥黛丽、赫本、奥赛，还有西迪、祝荣和水钰酒全部重生，否则，你所说的一切对我都毫无意义。”一道道强大的吐息从我口中喷出，不断向她发起攻击，发泄着我内心的情绪。

“你疯了！那我就让你看看血契的威力。”唐凌目光冰冷地看着我，下一瞬，她身上骤然银光闪亮，紧接着，额头上，九道紫金色光纹表面浮现出一层淡淡的红色。

伴随着她额头上的这一层红色出现，我身上也立刻浮现出了同样的红色，身体也随之变得僵硬了。

“束缚！”她冷冷地喝道。

我的攻击停了下来，庞大的身躯就像是钉在了原地。

“现在，你明白了吗？在我面前，你根本不可能反抗，我想杀死你，只需要一个念头就足够了。

“但是，我并不想让你死，你带给我的力量让我非常满意。我愿意让你成为我的坐骑。你的情绪我能理解，但是，什么东西能够和实力与权力相比呢？现在，这整个位面，整个创世大陆，对我们来说都可以予取予求。只要你听我的话，你想要什么，都可以任由你选择。哪怕你要成为帝国皇帝，我都可以扶持你。你的亲人是都死了，但这样你不是更了无牵挂吗？对你来说，不是更好的事情吗？你想要美好，再去寻找美好就是了。”

听着她的话，我看着她：“在你心中，权力是第一位的，自身的力量也是。但是，对我来说不是。我能够拥有整个宇宙之中最强大的力量，但是，如果可以选择，我愿意放弃这一切，只想回到第一次前往加满都城之前，继续过着我平静的日子。而现在，这一切都已经没有了。你真的认为，血契能够束缚我吗？如果真的可以，你以为我会这么轻易地和你缔结契约吗？”

说着，我的八个头同时亮起了紫金色的光芒，一股属于毁灭的意志从我的神识之中迸发而出。是的，当我长出八个头的时候，我的精神力就已经完全完成了蜕变，彻底转化为了神识，成神的不只是她，还有我！我所有的意识，所有被封印的力量，已经全部回来了。

那出现在我身上、限制着我的红色光晕被紫金色光芒撑开，我低下头，看着脸色大变的唐凌，下一刻，前爪猛然挥出，悍然向她拍去。

唐凌身上银光闪烁，瞬间就到了远处，我这一下拍击落在了空处。

“不可能，这不可能！这是血契，你怎么能够不受血契的限制！”唐凌难以置信地大叫着。

我冷冷地看着她：“因为，这个契约层级不够。”

唐凌怒道：“不可能的，你与我签订了契约，血契是在整个宇宙规则的见证下完成的，无论是怎样的存在，就算是神，都要遵守。”

我看着她：“血契确实是所有契约之中最高层次的存在，我也会受影响，但唯一的影响就是，你死了，或许会拖着我也死。不过，这也不一定。毕竟，在这个宇宙被创造出来的时候，我就是它的一部分。你知道我是谁吗？我现在就告诉你。

“上一个宇宙，因为进化到了十维空间最终崩溃，所有的一切归于原点。而在这个原点之上，诞生了两个意识。一个就是重新创造出整个宇宙的存在，我叫他创世，也就是你们认为的创世神。他创造出了一个个位面，一个个星球，以及各种生命，也包括你们人类。他对我说过，人类是他最为得意的杰作。而我……”

说到这里，我故意停顿了一下，看着脸色有些苍白的唐凌继续说道：“我就是他的反面，如果说他是创造，那或许，我就是毁灭。我与他，一体双生。

“当他创造了全新的宇宙，自身的力量也渐渐耗尽，彻底融入了宇宙之中。在他融入宇宙之前，或许是惧怕我毁灭了他的创造，于是在我身上设置了许多道封印，让我的意识只能在宇宙之中漂流。直到无意之中，碰触到了这个星球，进入了这个位面，我的意识被一个叫奥黛丽的女人吸入体内，成了她的孩子。

“于是，我有了父亲，有了母亲，有了家庭老师，又加入了地戎魔法塔，认识了胖老头、瘦老头和白袍老头。他们都对我很好，而我也凭借着这具人类身体的自身进化开始破开那一道道封印，将原本的自我释放出来。本来，我就想这样在这个星球住下去，我甚至已经习惯了这里的一切。

“是伊瓜因和你，毁掉了一切，也让我的封印完全破开，让我恢复了所有的力量。创世已经不在了，所以，在这个世界上，再没有什么力量能够阻止我。血契，对于我来说，又算得了什么呢？我可是伟大的奥斯汀格里芬呢。

“放心，我不会杀你，毕竟，我们之间有血契，至少在毁灭这里的一切之前，我不会杀你。等我达到我的目的之后，你认为，我真的惧怕死亡吗？到时候，我带着你一起死，或者，就让你活在这个已经被毁灭了一切的世界之中。”

唐凌静静地听着我的话，似乎已经呆滞了。但在下一刻，她突然用力地晃了晃头，目光重新变得冰冷起来。

“我不相信你说的这些。你现在的力量最多只是接近我而已，就算你不受血契的影响，也未必能够战胜我。在创世大陆上，不是只有我一位半神。就算我现在杀不了你，等联合了他们，我不信不能将你杀死。”

我笑了，我的八个头都在笑，尽管我也不知道，在奇美拉这样的状态下，我的笑容会是怎么样的。

“如果只是这样，我又怎么能够成为创世的反面呢？虽然我不如他，他要比我强大很多，但是，我和他毕竟是一体双生。从某种意义上来说，我是他的兄弟。那么，就让你看看，什么是真正的毁灭吧。”

第48章

九头奇美拉

我的八个头，以中央的火焰与黑暗为中心，各自向两侧让开一些，而我的身体，在这一瞬骤然开始剧烈膨胀，整个天空仿佛成了我身体的一部分。而就在这个过程中，一个深紫色的头带着无与伦比的毁灭气息缓缓钻了出来。

是的，这才是我的最终形态。创世神的孪生兄弟，九头奇美拉奥斯汀格里芬！

在我的第九个头开始向外钻的时候，唐凌转身就跑，空间之力被她操控到了极致，甚至在她身体周围瞬间形成了十二扇空间之门。

这十二扇空间之门各自有不同的作用，有向我攻击的，有阻拦我的，也有帮助她迅速传送远遁的。每一扇空间之门都有近乎禁咒的作用。

真不愧是空间秩序守护者啊！在得到了我血脉的增幅之后，她已经可以说是这个位面空间元素的使者，真正能够与空间融合为一的存在。

可是，在我面前，这一切都是徒劳。

当我的第九个头长出来的时候，她就已经再没有任何存在的可能。

天空变成了深紫色，那一扇扇开启的空间之门，就在天空中的紫光的照耀下渐渐崩解。原本苍凉的大地也在这紫光的压迫下渐渐出现一道道裂痕，生机在泯灭，无论是动物还是植物，在我这充满毁灭意念的力量之中，唯有毁灭。

我的思感延伸，向远方覆盖。很快我就知道了，这是一个什么地方。

这应该是在斯曼帝国一片辽阔而荒芜的平原之上，距离城市十分遥远，之前唐凌是故意将我传送到这边的。

唐凌脸色苍白地看着自己身边泯灭的空间之门，她的眼神之中充满了恐惧。

“我、我竟然释放出了你这样的恶魔。”她恐惧地看着我，声音有些颤抖。

“恶魔？你说我是恶魔吗？那我就是吧。你可是恶魔的主人，没有你，我这样的恶魔又是如何诞生的呢？这一切都应该感谢你才对！你说是吗？我的主人，空间秩序守护者，空间法神唐凌。”

天空中，我的身躯庞大到一眼望不到边际。我一边和她说话，一边从天而降，在降落的过程中，我的身体开始缩小。

当我来到她身边的时候，我已经重新化为人形，身上覆盖了一层紫金色的甲胄。

唐凌，这位曾经的半神，现在已经是空间之神，在我面前没有半分抵抗的力量，被我轻而易举地捏住了脖子。所有的空间元素，在我降临的那一瞬间就已经全部被我剥夺。不只是外在的空间之力，就连她自身所拥有的空间之力也是一样，全部消失无踪。

失去了自身元素属性，就算是神，又有什么用呢？

“我杀了自己，你也会死。”唐凌恶狠狠地看着我。

我松开了捏住她脖子的手，然后向后退了两步，向她做出一个请的手势：“来吧，这是你成为创世神唯一的机会。我允许你自我了结，给你这个荣耀。你死，我说不定也会跟你一起死。毕竟，血契的力量是受到宇宙法则庇护的，哪怕这个宇宙是我和创世创造出来的。你死吧，我看着。”

我就那么看着她，唐凌的脸色却在不断变化。她会死吗？如果她能够将生死置之度外，就不会冒天下之大不韪暗中以死灵法师研究延长寿命的方法，就不会不惜杀死自己的丈夫也要与我缔结契约。这个冷酷无情的狠辣女人有多么自私！虽然我认识她的时间不长，但我相信，她绝对没有自我了结的勇气。

“来啊！为什么还不动手？”看着她的脸色一阵青、一阵红，我继续刺激她，“虽然我剥夺了你的空间元素，但你的身体受到血契的反哺，从我身上获得的外灵力足够庞大。以这样的外灵力，你只要全力一击，你的手掌绝对能够拍碎自己的天灵盖，自然就能死。来吧，你死，或许我会给你陪葬。”

“你到底想怎么样？”唐凌的情绪突然崩溃了，她歇斯底里地向我嘶吼着。

“毁灭啊！刚才告诉过你了，我要毁灭这颗星球上的一切，毁灭整个世界。”我轻描淡写地说着，我在笑，可我的心早已死寂。哪怕我曾经的力量都已经回归，也无法让我死寂的心再有任何变化。

“不、不，你不能这样做。你不能，我……”唐凌猛地举起手，似乎是真的想要自我了结。

我依旧站在那里看着她，依旧没有动，没有要阻止她的意思。如果她真的有勇气自我了结，那么就随她好了。

可是，半晌过后，她的手掌依旧没有落下，她始终没有那个勇气。

我重新来到她面前，拉下她的手，看着她那已经变得年轻而又姣好的容颜："舍不得死吗？舍不得死就做一个见证者吧。我，伟大的奥斯汀格里芬，就算因为你而死，我也会在这个世界重生，直到将这个世界全部毁灭为止。告诉你一个秘密，我其实有九条命。你的一个血契，最多也就是换我的一条命而已。所以，没有任何意义。现在，作为我的俘虏，你要听我的话，否则，伊瓜因的下场，就是你的未来。我不会杀你，但我可以让你变成和他一样。"

一分钟后。

我和唐凌重新回到了那个肮脏的充满了尸臭的地方。

虽然奥黛丽已经死了，但成为死灵的她，灵魂应该还有留存。我不知道能不能将她救回来，但是，我必须试一试。

但是，当我和唐凌来到那间关押我的牢房时，奥黛丽不见了。

"去问问他们，奥黛丽去哪里了。"我凑到唐凌耳边，轻声对她说道。

唐凌的身体在颤抖，她在恐惧，很强烈的恐惧。她当然听得出我声音中的气息。

她飞快地跑了出去，我没有限制她，也没有封印她，因为根本没有那个必要。在完全复苏之后，我的力量，已经不是任何生物能抗衡的。

没有，没有奥黛丽的气息。整个死灵法师的这个秘密基地之中，都没有奥黛丽的丝毫气息。只是用神识扫过，我就可以确定这一点。

我笑了，连我都不知道为什么自己会笑。

宇宙之中，真的有命运这种东西吗？如果有，这不应该是创世安排的吗？毕竟，他可是创造了整个世界。那么，这命运为什么对我就如此“厚爱”？

唐凌久久没有回来，但我也没有去找她，我就站在那还残留着奥黛丽身上气味儿的牢房之中，默默地等待着。反正唐凌没有离开这里，她不敢离开这里。

足足一个时辰，她终究还是回来了，当她再看到我的时候，脸色已经是一片惨白。我想，她或许已经明白了我为什么会变成现在这个样子，明白对于我来说，赫本和奥黛丽的重要性。

赫本已经死了，形神俱灭，现在连化为死灵的奥黛丽也不在了。

“人呢？”我平静地问道。

唐凌低着头，没有回答。或许，在这一刻，她心中也有那么一丝忏悔？哪怕是为了她自己。

“人呢？”我再次问道，然后走到了她的面前。

唐凌的身体轻微地颤抖着：“没有了。”

“为什么没有了？”

“这里的死灵法师见我把你们都带走，只剩下一个半残的死灵，就把她带走了。”唐凌低沉地说道。

“带去了哪里？”我还是问。

“献祭了，献给了死亡之神。所有死灵法师信仰的都是死神。他们会定期献祭一些生命体，尤其是刚刚成为死灵的生命体，用来获取更加纯粹的死亡力量。那个死灵，已经在献祭之中被分解成了死亡力量。”

我默默地听着她的讲述。

很好！真的很好！都没有了，所有的一切都没有了。现在的我，在这个世界上，还真的是了无牵挂了呢。

第49章

天谴之神的诞生

“挺好的，连最后一丝牵绊也没有了。”我一把抓住唐凌，将她拉扯到我身边。

“你说，是不是挺好的？”我微笑着看着她。

唐凌的身体颤抖得更加厉害了，我也不知道她感觉到了什么。

“这个世界，有太多的肮脏和龌龊，这些东西真的应该存在吗？我认为不应该，我认为，这一切都应该被毁灭掉，化为虚无。这个世界，本来就不应该被创造出来，你说，对不对？”

紫色的光芒开始从我身上向外逸散，在我的保护下，唐凌并没有受到它的侵蚀，但除了她之外，从我身上散发出的紫色光芒所到之处，所有的一切都在崩解，都化为齑粉。这个满是死灵法师的恶臭的地方，就在这紫色的毁灭之光下泯灭着。

我一步步向外走去，紫色的光辉笼罩的范围也越来越大。

当我带着唐凌来到地面上的时候，方圆十公里内，已经完全化为了一片紫色的海洋。在这片紫色之中，所有的一切都已经消失了，留下的，只有无尽的漆黑与龟裂的大地。

“不要、不要再毁灭了。”唐凌声音颤抖着说道。

我轻轻地摇摇头：“我没有在毁灭啊！我是在净化，净化所有的污浊。等等，我好像听到了一个留言，一个来自我哥哥的留言。”

我缓缓闭上了双眼。事实上，这个声音在我打破所有封印的那一刻就已经出现了，只是，那一刻我并不愿意去聆听。现在，我可以听了。

……

“奥斯汀，当你听到我这个声音的时候，证明你已经打开了我施加在你身上所有的封印。恭喜你，终于拥有了属于自己的力量。”

是那个声音，是那个讨厌的声音，创世的声音。

“恭喜我？这很值得恭喜吗？这本来就是属于我的力量。”我淡淡地说道。

创世道：“我施加在你身上的封印很特殊，那是凭借你自己的力量无法冲破的。它需要你有所经历，真正地去体验这个全新宇宙之中的生命特性，去感受生命世界的进化。唯有你真的感受到了，走入了那样的世界，并且真正成为一个生命体之后，才有可能解开我的封印。看来，你已经做到了。”

“那又怎么样？”我平静地说道。

创世道：“你知道为什么我们会在这个全新的宇宙之中一体双生吗？”

“为什么？”我问他。

创世道：“因为，我们在诞生的时候，就在这全新的宇宙之中有着不同的使命。我的使命，就是创造所有的一切，创造生命，创造那一个个位面，让这新的宇宙开始整体的进化，从一维空间到二维空间，再到三维空间、四维空间。而在这个宇宙之中，你的作用绝不比我小，如果我的作用是创造，那么，你的作用就是守护，守护我的创造。”

我不解地道：“既然是守护，为什么我的力量却是破坏与毁灭？”

创世道：“因为毁灭就是你守护的方式。你我一体双生，所以你应该也和我一样，有着来自上一个宇宙的记忆，上一个宇宙是怎么灭亡的你应该还记得吧，就是因为宇宙中创造的一切进化得太快，以至于整个宇宙迅速走向了末路，最终崩溃，从十维空间重新回到零维空间。宇宙从创造之初就是注定要不断进化的。这个进化最终都将朝十维空间的方向前进，直到最后，再次走向崩溃，重回原点。

“我是宇宙的发起者、创造者，创造整个世界，创造一个个位面，创造一种种生物。我只能不断地创造和进化，但我不能让这种进化逆转。无法逆转的进化，最终只能走向真正的灭亡。所以，就需要你来守护我的这份创造。你的毁灭之力，就是用来让那些过度进化的存在停下或者消失，从而不再影响宇宙的进程。

“你是不是觉得，你的力量远不如我？那是因为，我要创造整个全新的宇宙，创造世界。而实际上，我的力量是会不断地散播开来，不断地扩张，最终必然会全部融入宇宙之中。你的力量却是聚合在一起的。当你真正拥有现在这样的生命体之后，你就是整个宇宙中最强大的存在。

“你的使命就是去纠正那些过度进化的位面，让它们控制进化的速度，当有位面产生威胁的时候，就要果断将其毁灭。毁掉一个位面，意味着让更多的位面留下来。所以，我是创世神，而你就是整个宇宙的守护神，天守之神！”

竟然是这样，原来我和创世的一体双生并不是对立的两个极端。并不是说他是创造，那我就是他的反面毁灭，而是要用我的毁灭之力来守护创造。

“创世。”我平静地叫他。

“嗯？还有什么问题吗？我留下的这一缕意识支撑不了太久。”创世说道。

“我想问你一个问题。”我淡淡地说道。

“什么？快问吧，我要坚持不住了。”创世有些急切地说。

“如果我要将你创造的整个宇宙毁灭，你觉得有可能吗？一个一个位面毁灭，直到你创造的所有全部消亡。”

“你说什么？你疯了吗？”创世吃惊地道。

“对啊！我是疯了！你能感受到我在诞生真正生命实体的这个位面经历的一切吗？你说得没错，你创造的确实是一个了不得的种群，在这个种群之中，我经历了许多，生死离别，苦痛悲伤。但是，我同样看到了他们的劣根性。我觉得，你创造的这个种群不怎么样，那么，你所创造的那些位面，或许都是肮脏的吧。这样肮脏的位面有什么存在下去的意义呢？不如，毁灭了吧。”

“奥斯汀，你不可以这样做。我们一起诞生，就是为了更好地守护宇宙。你不能以偏概全。”

“够了，我不想再听你说下去了。创世，你知道吗？我很讨厌你。从诞生不久我就讨厌你。为什么所有的都由你支配，一切都要按照你安排好的进行？为什么你想封印我就封印我的力量，你想让我如何就让我如何？如果不是你封印了我的力量，奥赛和奥黛丽不会死，赫本也不会死，我如果有本来的力量，我就能守护所有我想要守护的。但是，我没有，在我最无助、最痛苦的时候，你在哪里？你能让我感受到的，就只有施加在我身上的封印而已。你有什么资格指定我做什么样的神？

“我不要做什么天守之神，我，九头奇美拉奥斯汀格里芬，要做毁灭一切的存在，就毁灭你创造的所有。所以，你可以叫我天谴之神！我是天谴之神，九头奇美拉奥斯汀格里芬！你，创世，去死吧！”

我的神识疯狂爆发，摧毁着创世留下的这一抹意念。

“唉——”一声深深的叹息是他最后留下的声音。

苍茫的大地在我的视野内，都已经变成了紫色。

唐凌依旧在我身边，只是此时她已经变得呆滞了。

我扭头看向她，笑了笑。

“来，空间秩序守护者，空间之神唐凌，让我们重新认识一下。我，奥斯汀格里芬，是伟大的九头奇美拉，我，也是天谴之神。”

听到我的声音，唐凌骤然扭头，充满恐惧地看着我。

在这一刻，我感受到了她的死志，她想自我了结。

可是，在已经恢复了全部力量的我面前，她想要自我了结，又岂是一件容易的事情呢？

她的所有力量都被我在顷刻之间剥离，她连咬断自己的舌头都做不到。

我凑到她面前，对她说：“想死也不是那么容易的事情。你最擅长的不就是用空间之力束缚别人吗？那么，我就一直束缚着你，让你来见证这一切。而这一切的毁灭，都是你和你那个恶毒的丈夫导致的。走吧，我带你走一条天谴之路。”

紫色光芒升空，从此再无天守，剩余的，只有天谴。

奥赛、奥黛丽、赫本，还有老头们，你们会有很多、很多的祭品。

……

第50章

请让我重回天守

山风呼啸，身上永恒与创造之神印王座所化的甲胄不知道什么时候已经从龙皓晨身上褪去。

他静静地站在那里，脸上早已布满了泪水。

站在他对面的，相貌和他一模一样，却有着一双紫色眼眸的青年正目光平和地看着他。

“这就是我的故事，天谴之神、九头奇美拉奥斯汀格里芬的故事。”

龙皓晨攥紧着拳头，他觉得自己的喉咙完全哽住了，一句话也说不出来。

奥斯汀格里芬脸上露出一丝淡淡的微笑：“我的毁灭之力是天生的，但我的毁灭意念并不是天生的。你知道我为什么要对你说这些吗？”

龙皓晨不知道该怎么回答。

奥斯汀格里芬微笑道：“是因为你呀。如果没有你，或许，我已经彻底死去了，被我毁灭的那个世界中的死灵们不断地追杀我，我不断地死去，直到第九次彻底死亡，彻底泯灭。但是，你知道那样之后会如何吗？

“我死了，宇宙再没有毁灭的力量，无人阻止，宇宙将会无序进化，而且会加速进化，直到消亡，归于原点。我不知道这个时间会是多久。但没有了我，一定会很快。

“在我第一次死的时候，我就明白了这个道理。你知道我为什么会死吗？你真的认为，创世大陆上的那些蠢货能够杀死我吗？那不过是他们白日做梦罢了。我，伟大的奥斯汀格里芬，岂是他们能够杀死的？如果我不给他们机会，他们能够用七十二根魔神柱做出那样的囚笼，将我引入其中吗？那些，都是我故意的。因为，我想明白了一个问题。”

龙皓晨抬头看向他。

奥斯汀格里芬道：“我明白了，创世的力量比我强大得多，他虽然已经彻底将意识融入了宇宙，但从未停止过创造。就算我一个位面一个位面地毁灭下去，也赶不上他创造的速度。而且，这不就相当于还是在帮他守护宇宙吗？所以，我不要那样。

“我仔细地感知过自己的力量，实际上，我的毁灭之力，本身就是宇宙法则的一部分。失去了我这部分法则，宇宙就只剩下生长，不会再受到遏制。所以，我只要弄死我自己，彻底让我自己死去，宇宙不就能完全灭亡了吗？创世创造的一切都会随之崩溃。这不是挺好的吗？

“所以，你认为那七十二根魔神柱是怎么来的？是我悄悄地告诉了那些半神，要如何做才有可能杀死我，而且我还非常配合地帮他们完成了这一切。

“你知道唐凌是怎么死的吗？我一直将她带在身边。直到魔神柱组成的囚笼完成之后，我带着她一起走了进去。在我撞破囚笼的时候，也撞碎了她的身体，让这第一个和我缔结血契的恶毒女人和我一起去死。

“也是我，告诉了那些被我毁灭的家伙，我将会有九次转生的机会，必须杀死我的所有转生体才能真正将我杀死。所以，在第一次死亡的时候，我还在暗暗为他们加油，让他们加油追杀我。这样，宇宙就一定会彻底毁灭。”

听着他的话，龙皓晨渐渐变得骇然。毫无疑问，奥斯汀格里芬真的是个恐怖的存在，他为了毁灭整个宇宙，甚至不惜彻底毁灭自己。

而此时的奥斯汀格里芬沉默了，他那紫色的双眸发生了变化。

“龙皓晨，知道为什么我要对你讲这么多吗？为什么要将这一切告诉你？为什么本来我都准备彻底死去，从而带着宇宙一起毁灭，现在却在向你讨饶，让你放过我，想办法帮我活下去，不再毁灭吗？”

龙皓晨默默地摇了摇头，他真的不知道。

“因为你。”奥斯汀格里芬轻叹一声，“我的计划本来是完美的，却被你打乱了。”

“按照我原本的计划，在被我毁灭的世界中，那些死灵生物必定恨我入骨，甚至在毁灭世界的时候，我刻意留下了一些被我毁灭记忆，以及知道如何阻止我重生的死灵，就像那个死灵骑士，还有那个巫妖，就是我故事中的奥古斯丁与伊娜。他们一定会想方设法将我彻底杀死，不让我复活。可就在我已经被杀死了多次，第七次生命也即将在幼年就终结的时候，被你召唤到了你所在的世界，也就是我撞破空间之后，魔神柱所在的世界。那时候的我，其实并没有自己的意识，每一次死亡，都会让我的意识陷入沉睡，只保留本能和相当于正常人类的智力。而你为了让我活下来，不惜用自己的鲜血为我换血，用光明洗涤了黑暗，让我原本应该是黑暗属性的头变成了光明属性的。

“还记得吗？当我第七、八两个头长出来后，在一段时间里，我并没有展现出我本身的一切，其实那时候我已经苏醒了。之所以没有直接开始毁灭，就是因为我在消化之前的经历。我醒过来之后，第一个反应就是不可思议。我怎么还能再活过来呢？那些家伙竟然会放过我？放任我重新成为天谴之神、九头奇美拉？但从皓月身上，我渐渐明白发生了什么，是你和你的伙伴，一次又一次地守护着我，才让我最终完成了进化，又长出了第九个头，又拥有了全部的力量。

“在得知你为我做的一切之后，我思考了很久。究竟应该怎么做，毁掉你那个世界吗？是你让我的心中重新有了一丝温暖。我原本的计划失败了，但是，我的毁灭意念不会改变，我心中的毁灭意念已经在我第一世的时候根深蒂固，当我苏醒的时候，破坏与毁灭的欲望压倒了一切。

“皓月一直在跟我抗争，但那个时候，我唯一能做到的，就是不杀你。我肯定还是会去毁灭一切的。但是，在你身上，我看到了人类的美好，看到了你和你的那些伙伴真挚的情感。皓月是我的一部分，我其实可以强行掌控它，毕竟，我本身的意识才是最强大的。但最终，我没有那样做，也不想那样做。

“我想给你和你的世界一个机会，也给我自己一个机会。最终，我放任皓月把我咬死了，再一次陷入了沉睡。我也想看看，我还会不会再次苏醒。如果我再次苏醒，你是会将我彻底毁灭，把我这个威胁扼杀在摇篮之中，还是会再守护我一世。

“这是我放在你身上的赌约，如果我再也无法苏醒过来，那么，我原本的计划将会完成，宇宙失去了我的毁灭法则，将会加速灭亡。如果我苏醒过来，就像现在这样。我前后被你守护了两世，我的心又温暖了一些，所以现在才能勉强压制我内心毁灭的欲望和你说这么多。

“龙皓晨，谢谢你。你用了五百年，又守护了我整整一世，你想尽办法守护我，始终不忍心对我下手。我知道，你的感情都是对皓月的，但是，我也是皓月的一部分。创世将那张带有他力量的永恒与创造之神印王座给了你，真是一个非常明智的选择。所以，这场赌约，你赢了。”

奥斯汀格里芬脸上带着淡淡的微笑：“为了你，我可以不再求死，我还有最后一条生命，也是最后一次机会。如果，你真的想让皓月活下去，那么，就不能从皓月身上下手，要从我身上想办法才行。你需要拯救的不是皓月，它不需要你拯救，它本身就足够好了。你需要拯救的是我，你要抚平我心中的毁灭意念，让我从天谴之神重新变回天守之神。唯有如此，我才能正常存在，并且守护整个宇宙。”

龙皓晨深吸一口气，看着面前的奥斯汀格里芬，他的眼中流露着深切的悲哀。

尽管在讲述自己的故事时，奥斯汀格里芬很平静，但龙皓晨从他的话语中，感受到了那份死寂。哀莫大于心死，早在第一世的时候，他的心就已经伴随着他爱的人死去了，内心的毁灭意念才会不受控制地滋生，最终让自身从天守之神化为天谴之神。

“我该怎么做？”龙皓晨声音有些沙哑地问道。

奥斯汀格里芬看着他，微笑道：“如果我跟你说，其实我也不知道，怎么办？”

龙皓晨一愣：“你也不知道吗？”

奥斯汀格里芬摇摇头，认真地道：“我真的不知道。我只能将我的故事告诉你，毫无保留地全都告诉你。我隐约感觉到，你对我的关爱，让我的理智恢复了一丝，所以，我才能这样和你交流。我的最后一世，就交给你了。我不知道你能不能成功，但我愿意配合你试试。”

龙皓晨的眼神重新变得严肃起来，清澈的眼眸中闪耀着坚定的光芒：“奥斯汀，我一定会不惜一切地帮你，让你重新成为天守之神。无论要付出怎样的代价，都在所不惜。”

奥斯汀格里芬微微一笑：“好啊！我相信你。希望我下次苏醒的时候，一切都能恢复正常，毁灭意念在我心中熄灭，剩余的只有我所掌控的毁灭法则。我必须走了，再坚持下去，我的理智就将被毁灭吞噬，那时候，就真的阻止不了了。对不起了皓月，又要让你与我重新轮回。其实，如果真的能让我的意念不再醒来，真的只保持着皓月的状态，也挺好的，不是吗？”

龙皓晨眼中的泪水夺眶而出，他猛地上前一步，给了奥斯汀格里芬一个大大的拥抱。

奥斯汀格里芬愣了愣，感受着龙皓晨身上的温度，他笑了，张开双臂，轻轻地搂住他：“谢谢你，哥哥。皓月是这么叫你的吧。谢谢。”

紫色的光辉在奥斯汀格里芬身上闪耀，但所有的紫色光芒却都在向内塌陷，皓月巨大的身体也随之开始变得虚幻。它匍匐在地面上，仰望着奥斯汀格里芬，眼中再没有了警惕，而是平和地闭上了眼眸。

奥斯汀格里芬的眼神开始变得迷茫起来，他仿佛又看到了曾经的自